ARTHUR
CONAN DOYLE

(1859-1930) ficou mundialmente conhecido por ter criado o detective Sherlock Holmes, que se tornou uma referência para toda a literatura policial, ao introduzir a lógica na investigação. Foi um escritor prolífico, cujos trabalhos incluem histórias de ficção científica, novelas histórias, peças e romances, poesia e obras de não-ficção. Alguns dos seus trabalhos fazem menção ao espiritismo e ao sobrenatural, nomeadamente às fadas, tendo inclusive dedicado a obra *The Comming of Fairies* às supostas fadas de Cottingley, que posteriormente vieram a revelar-se uma fraude.

O CÃO DOS BASKERVILLES

SIR ARTHUR CONAN DOYLE

O CÃO DOS BASKERVILLES

Tradução de
LÍGIA JUNQUEIRA

Título original: *The Hound of The Baskervilles*
Autor: Arthur Conan Doyle

Todos os direitos para a publicação desta obra reservados por
Bertrand Editora, Lda.
Rua Prof. Jorge da Silva Horta, 1
1500-499 Lisboa
Telefone: 21 762 60 00
Fax: 21 762 61 50
Correio electrónico: editora@bertrand.pt

Paginação: Fotocompográfica
Revisão: Eda Lyra
Design da capa: Rui Rodrigues

Impressão e acabamento: Eigal
Depósito legal n.º 314 745/10
Acabou de imprimir-se em Setembro de 2010

ISBN: 978-972-25-2216-8

CAPÍTULO

1

SHERLOCK HOLMES

O senhor Sherlock Holmes, que geralmente se levantava tarde, a não ser nas frequentes ocasiões em que ficava acordado toda a noite, estava agora sentado à mesa do pequeno-almoço. De pé, diante da lareira, peguei na bengala que o nosso visitante ali deixara, por esquecimento, na noite anterior. Era uma pesada peça de madeira de boa qualidade, com castão redondo, daquele tipo conhecido por *Penang lawyer*. Logo abaixo do castão, via-se uma tira de metal, com cerca de dois centímetros de largura. Ali estava gravado: «A James Mortimer, membro do Royal College of Surgeons dos seus amigos do CCH.» Em seguida a data, 1884. Era o tipo de bengala que costumavam usar os velhos médicos de família: distinta, sólida e tranquilizadora.

— Então, Watson, que me diz?

Holmes estava sentado de costas para mim e eu não dera a entender qual o assunto em que pensava.

— Como é que soube o que eu estava a fazer? — perguntei. — Creio que tem olhos na nuca.

— Tenho, pelo menos, um bule de prata muito bem polido à minha frente — replicou ele. — Mas diga-me, Watson, o que pensa da bengala do nosso visitante? Já que tivemos a infelicidade de não o encontrar e não fazemos a mínima ideia do que o trouxe aqui, esta lembrança adquire importância. Gostaria que me descrevesse o homem, segundo o exame da bengala.

Fazendo o possível para seguir os métodos do meu companheiro, comecei:

— Creio que o senhor Mortimer é um médico idoso, bem-sucedido e estimado, uma vez que aqueles que o conhecem lhe deram esta prova de estima.

— Muito bem! — exclamou Holmes. — Excelente!

— Creio, também, que tudo indica tratar-se de um médico do interior, que faz grande número de visitas a pé.

— Porque diz isso?

— Porque esta bengala, que deve ter sido muito bonita, está tão usada que não me parece que possa pertencer a um médico da cidade. A grossa ponta de ferro está gasta, de modo que ele deve ter caminhado muito com ela.

— Perfeito! — disse Holmes.

— Para mais, aqui está «amigos do CCH». Calculo que seja qualquer coisa relativa a um Clube de Caça, por ele ter prestado serviços médicos aos sócios, que lhe deram este presente em retribuição.

— Francamente, Watson, você está a superar-se a si próprio — observou Holmes, afastando a cadeira e acendendo um cigarro. — Sou obrigado a dizer que, em todas as descrições dos meus dotes, que você teve a gentileza de fazer, em geral foi excessivamente modesto a seu respeito. Pode ser que não seja luminoso, mas é um condutor de luz. Há pessoas que, sem possuírem génio, têm o extraordinário poder de estimulá-lo. Confesso, caro amigo, que sou seu devedor.

Holmes nunca falara tanto, e devo dizer que as suas palavras provocaram em mim um intenso prazer, pois eu ficara muitas vezes melindrado com a sua indiferença pela minha admiração e pelas tentativas que tenho feito para tornar públicos os seus métodos. Senti-me, também, orgulhoso por ver que assimilara a tal ponto o seu sistema que conseguira aplicá-lo de maneira a merecer a sua aprovação. Holmes pegou então na bengala que eu tinha nas mãos e observou--a durante alguns minutos, a olho nu. Depois, com uma expressão de interesse, largou o cigarro, levou a bengala para perto da janela e pôs-se a examiná-la com uma lupa.

— Interessante, embora elementar — disse ele, voltando ao seu canto predilecto no sofá. — Há, sem dúvida, um ou dois indícios na bengala. Isto serve-nos de base para várias deduções.

— Alguma coisa que me escapou? — perguntei. — Espero não ter deixado de notar qualquer indício importante.

— Infelizmente, caro Watson, a maior parte das suas conclusões está errada. Quando fiz observar que você me estimulava, queria dizer, para ser franco, que, ao notar as suas falhas, me sentia de vez em quando conduzido para a verdade. Não quero dizer que você esteja completamente enganado, neste caso. Não há dúvida de que se trata de um médico do interior. E ele anda muito a pé.

— Então, acertei.

— Até aí, sim.

— Mas é só isso.

— Não, não, caro Watson. Não é só isso, de forma nenhuma. Sugiro, por exemplo, que é mais provável que um presente a um médico tenha vindo de um hospital do que de um clube de caça, e quando vejo as letras CC colocadas antes da inicial de Hospital, lembro-me imediatamente de Charing Cross.

— Talvez tenha razão.

— As probabilidades são a favor deste raciocínio. E, se admitirmos essa hipótese, temos uma nova base para imaginar o nosso visitante desconhecido.

— Pois bem, supondo que CCH signifique «Charing Cross Hospital», que novas conclusões podemos tirar?

— Nada lhe ocorre? Conhece os meus métodos. Procure aplicá-los!

— Só me ocorre a conclusão óbvia: o homem exerceu clínica na cidade, antes de se mudar para o interior.

— Creio que podemos ir um pouco mais longe. Estude o caso a partir desta perspectiva. Que ocasião seria mais provável para um presente deste género? Quando se reuniriam os amigos, para dar uma demonstração de boa vontade? Provavelmente quando o doutor Mortimer se retirou do hospital, para exercer medicina a título particular. Será, portanto, presumir muito, se dissermos que o presente foi dado nessa ocasião?

— De facto parece provável.

— Agora, terá de observar que ele não devia fazer parte do corpo médico do hospital, pois somente um médico de destaque, bem estabelecido em Londres, poderia ocupar tal posição e, nesse caso, não iria fazer clínica no interior. Que era ele então? Se estava no hospital e não fazia parte do corpo médico, não devia ter passado de médico interno, pouco mais que um estudante. E ele saiu de lá há cinco anos: veja a data na bengala. Sendo assim, o seu médico idoso, grave, dissolve-se no ar, caro Watson, e surge um rapaz com menos de trinta anos, amável, pouco ambicioso, distraído e dono de um cão de estimação, animal que descrevo como maior do que um *fox terrier* e menor do que um cão de guarda.

Ri, incrédulo, enquanto Sherlock Holmes se reclinava no sofá, atirando baforadas para o tecto.

— Quanto à última parte, não tenho meios de verificar — repliquei. — Em todo o caso, não é difícil descobrir alguma coisa sobre a idade do homem e a sua carreira profissional.

Tirei da estante o livro *Medical Directory* e virei-lhe as páginas. Havia vários Mortimers, mas somente um que poderia ser o nosso homem. Li em voz alta:

— «Mortimer, James, membro do Royal College of Surgeons, 1882, Grimpen, Dartmoor, Devon. Médico interno no hospital Charing, de 1882 a 1884. Vencedor do prémio Jackson de Patologia Comparada, com um ensaio intitulado *Serão Atávicas as Moléstias?* Membro correspondente da «Sociedade Sueca de Patologia». Autor de *Algumas Aberrações do Atavismo* (*Lancet,* 1882) e de *Progrediremos?* (*Jornal de Psicologia,* Março, 1883). Delegado de saúde das paróquias de Grimpen, Thorsley e High Barrow».

— Nem uma palavra sobre o tal clube de caça, Watson — disse Holmes, com um sorriso malicioso. — Mas é médico do interior, como você tão judiciosamente observou. Parece que as minhas deduções estavam certas. Quanto aos adjectivos, creio ter dito amável, pouco ambicioso e distraído. Sei, por experiência, que só um homem amável recebe homenagens, somente um homem sem ambições abandona uma carreira em Londres pelo interior, e só um homem distraído deixa a bengala, e não o cartão de visita, depois de ter esperado uma hora pelo dono da casa.

— E quanto ao cão?

— Tem o hábito de ir atrás do dono, levando esta bengala. Como é pesada, o cão carrega-a com firmeza e as marcas dos dentes são bem visíveis. A mandíbula do cão, como se pode ver pelo espaço entre as marcas, é, na minha opinião, larga de mais para um *terrier* e não o suficiente para um cão de caça. Deve ser... sim, por Deus, *é* um sabujo de pêlo crespo.

Holmes erguera-se e passeava pela sala, enquanto falava. Parou então diante da janela. Havia tal convicção na sua voz, que ergui os olhos, surpreendido.

— Caro amigo, como pode ter tanta certeza?

— Pelo simples facto de ver o cão à nossa porta... e oiça o toque de campainha do dono. Não se mova, por favor, Watson. Vamos receber um colega seu e a sua presença poderá ser-me útil. Eis o mais dramático momento do destino, Watson, quando se ouve na escada um passo que vai entrar na nossa vida e não sabemos se é para o bem ou para o mal. Que desejará o senhor Mortimer, o cientista, de Sherlock Holmes, especialista em crimes? Entre!

A aparência do nosso visitante causou-me surpresa, visto que esperara um típico médico da província. Era um homem muito alto, magro, com um nariz adunco que sobressaía entre dois olhos cinzentos, vivos e muito juntos, que brilhavam por detrás de uns óculos de aros de ouro. Estava vestido formalmente, mas com certo desmazelo, pois tinha o casaco sujo e as calças puídas. Embora jovem, tinha as costas curvas e andava com a cabeça para a frente, com ar de quem espia com benevolência. Quando entrou, os seus olhos caíram sobre a bengala que Holmes segurava. Aproximou-se rapidamente, com uma exclamação de alegria.

— Estou tão satisfeito — disse ele. — Não tinha a certeza se a deixara aqui, ou no posto de despacho de encomendas. Não queria perder esta bengala, por nada deste mundo.

— Um presente, pelo que vejo? — disse Holmes.

— Sim, senhor.

— Do hospital Charing Cross?

— De um ou dois amigos de lá, por ocasião do meu casamento.

— Ora, ora, isso é que é mau! — disse Holmes, sacudindo a cabeça.

O doutor Mortimer piscou os olhos por detrás dos óculos, ligeiramente admirado.

— Mau? Porquê?

— Só porque desmentiu as nossas pequenas deduções. O seu casamento, foi o que disse?

— Sim senhor. Casei-me e, portanto, deixei o hospital, com esperança de exercer clínica. Era necessário ter um lar meu.

— Muito bem, muito bem, não errámos assim tanto, afinal de contas — disse Holmes. — E agora, doutor James Mortimer...

— Senhor Mortimer, senhor apenas: um humilde MRCS.

— É um homem de precisão, indiscutivelmente.

— Um curioso da ciência, senhor Holmes, que apanha conchas nas praias do grande oceano do desconhecido. Creio que é ao senhor Holmes que me dirijo, e não a...

— Não; este aqui é o meu amigo doutor Watson.

— Muito prazer em conhecê-lo. Já ouvi o seu nome, ligado ao do seu amigo. O senhor interessa-me muito, senhor Holmes. Eu não esperava um crânio tão dolicocéfalo, nem um desenvolvimento supra-orbitário tão grande. O senhor opor-se-ia a que eu passasse o dedo pela sua fissura parietal? Um molde do seu crânio, até que se possa obter o original, seria um ornamento no meu museu antropológico. Não quero ser desagradável, mas confesso que cobiço o seu crânio.

Sherlock Holmes indicou uma cadeira ao visitante.

— Vejo que é um entusiasta no seu ramo, como eu no meu — disse ele. — Vejo pelo seu dedo indicador que prepara os seus próprios cigarros. Não faça cerimónia em acender um deles.

O homem tirou do bolso papel e tabaco e enrolou um cigarro, com surpreendente destreza. Tinha dedos compridos e vibrantes, ágeis e irrequietos como as antenas de um insecto.

Holmes estava calado, mas os seus olhos dardejantes indicavam o interesse que sentia pelo nosso estranho companheiro. Finalmente, disse:

— Espero que não tenha sido pelo prazer de examinar o meu crânio que o senhor me deu a honra de me procurar ontem à noite e hoje novamente?

— Não, claro que não, embora me sinta feliz por ter tido essa oportunidade. Vim procurá-lo, senhor Holmes, porque reconheço que sou um homem pouco prático e porque me vejo de repente diante de um problema sério e extraordinário. Reconhecendo, como reconheço, que o senhor é o segundo perito da Europa...

— Realmente?! Posso indagar quem tem a honra de ser o primeiro? — perguntou Holmes, com certa aspereza.

— Para o homem de raciocínio puramente científico, o trabalho de *Monsieur* Bertillon tem grande atracção.

— Não seria então melhor o senhor consultá-lo?

— Eu disse: para o raciocínio puramente científico. Mas, como homem de senso prático, o senhor é reconhecidamente o primeiro. Espero não ter, inadvertidamente...

— Um pouco apenas — respondeu Holmes. — Creio, senhor Mortimer, que seria mais sensato se, sem mais delongas, tivesse a gentileza de me explicar a natureza exacta do problema para o qual pede o meu auxílio.

2

A MALDIÇÃO DOS BASKERVILLES

— Trago aqui um manuscrito — disse o doutor James Mortimer.

— Foi o que notei, quando entrou nesta sala — replicou Holmes.

— É um velho manuscrito.

— Princípios do século XVIII, a não ser que se trate de falsificação.

— Porque diz isso?

— O senhor permitiu que eu visse três ou quatro centímetros, durante o tempo em que falou. Pobre do perito que não pudesse determinar a data de um documento, com uma margem de dez anos! Talvez o senhor tenha lido a minha pequena monografia a respeito do assunto. Calculo que o documento seja de 1730.

— A data exacta é 1742 — disse Mortimer, tirando-o do bolso do casaco. — Foi-me confiado por *Sir* Charles Baskerville, cuja morte trágica, há três meses, causou tanta emoção em Devonshire. Posso garantir-lhe que, além de seu médico, eu era seu amigo íntimo. *Sir* Charles era um homem com força de vontade, senhor Holmes, esperto, prático e tão pouco imaginativo quanto eu. Apesar disso, tomou este documento muito a sério e estava preparado para o fim que teve.

Holmes estendeu a mão para pegar no manuscrito e abriu-o sobre os joelhos.

— Observe, Watson, este pormenor aqui... É uma das indicações que me permitiram fixar a data.

Olhei, por cima do seu ombro, para o papel amarelo do velho documento. Ao alto estava escrito «Mansão dos Baskervilles» e, em baixo, em rabiscos largos, «1742».

— Parece ser um relatório qualquer.

— Sim, é a narrativa de uma lenda que existiu na família Baskerville.

— Mas creio que deseja consultar-me a respeito de algo de mais moderno e prático?

— Mais moderno, sim. É um assunto muito prático e urgente, que tem de ser resolvido em vinte e quatro horas. Mas o manuscrito é breve e relaciona-se intimamente com o assunto. Vou lê-lo, se me dá licença.

Holmes reclinou-se na cadeira, juntou as pontas dos dedos e fechou os olhos, com ar resignado. O doutor Mortimer virou o documento para a luz e leu, em voz alta e vibrante, a seguinte curiosa narrativa:

Tem havido muitas versões sobre a origem do Cão dos Baskervilles e, no entanto, como descendo em linha directa de Hugo Baskerville, e dado que ouvi a história contada pelo meu pai, que antes a ouvira ao seu, aqui a relato, na convicção de que aconteceu conforme vai ser relatada. E desejaria que acreditásseis, meus filhos, que a mesma justiça, que pune o pecado, pode também benignamente perdoá-lo, e que nenhuma excomunhão é suficientemente forte que não possa ser afastada pela prece e pelo arrependimento. Aprendei, portanto, com esta história, a não temer os frutos do passado, mas a ser circunspecto no futuro, para que as vis paixões que afligiram a nossa família não se desencadeiem novamente, para nossa ruína.

Sabei, portanto, que por ocasião da Grande Rebelião (e chamo a vossa atenção para a sua história, escrita pelo ilustre Lorde Claredon), esta Mansão dos Baskervilles pertencia a Hugo desse nome, e não se pode negar que ele tenha sido um homem desenfreado e ímpio. Isto, em verdade, os vizinhos poderiam perdoar-lhe, uma vez que nunca houve santos naquela região, mas havia nele um humor cruel e dissoluto que tornou célebre o seu nome no Oeste. Aconteceu que Hugo começou a amar (se é que tão negra paixão pode ser descrita sob tão doce nome) a filha de um lavrador que possuía terras perto de Baskerville. A donzela, que era discreta e de boa reputação, evitava-o sempre, temendo-lhe a fama. Aconteceu que, no dia de São Miguel, este mesmo Hugo, com cinco ou seis dos seus desordeiros companheiros, se dirigiu para a quinta e raptou a jovem, sabendo que o seu pai e os irmãos estavam ausentes. Quando chegaram à mansão, deixaram a donzela no andar de cima, enquanto Hugo e os amigos passavam a noite em orgia, como era seu hábito. Lá em cima, a pobre jovem quase enlouqueceu com a cantoria e os palavrões que vinham de baixo, pois era sabido que as palavras usadas por Hugo Baskerville, quando embriagado, eram de arrepiar os cabelos. Finalmente, o medo fez com que ela empreendesse aquilo que teria detido o mais bravo dos homens. Com o auxílio da hera que cobria (e ainda cobre) a parede sul, conseguiu descer e dirigir-se, através da charneca, para a casa do seu pai, que ficava a três léguas de distância.

Aconteceu que, pouco depois, Hugo deixou os amigos para levar comida e bebida (e talvez outras coisas piores) à sua prisioneira, encontrando a gaiola vazia e o pássaro ausente. Parece, então, que ficou como que possuído pelo diabo, pois correu para o salão de baixo e pulou sobre a mesa, fez voar garrafas e pratos e gritou para os compa-

nheiros que daria, naquela mesma noite, a alma aos poderes do Infer-
no, se conseguisse apanhar a jovem. Estavam todos estarrecidos com
aquela fúria, quando um deles, mais malvado (ou talvez mais bêbedo)
do que os outros, bradou que deviam soltar os cães atrás dela. Com
isto, Hugo saiu de casa a correr, gritando para os criados que lhe se-
lassem a égua e soltassem a matilha. Deu aos cães um lenço da jovem,
atiçou-os e com eles saiu desabaladamente pela charneca.

Durante alguns momentos, os companheiros ficaram atónitos, sem
poder compreender o que com tal pressa fora feito. Mas logo deram
acordo de si e perceberam o facto horrendo que ia consumar-se no cam-
po. A algazarra era agora completa, uns a gritar pelas suas pistolas,
outros pelos seus cavalos e alguns por mais uma garrafa de vinho. Fi-
nalmente, aqueles loucos recuperaram um pouco de bom senso e, mon-
tando a cavalo — eram treze, ao todo —, saíram no encalço do dono
da casa. A Lua brilhava por cima deles, enquanto cavalgavam a toda
a pressa, enveredando pelo caminho que a jovem devia ter tomado pa-
ra regressar a sua casa.

Tinham andado dois ou três quilómetros quando encontraram
um dos pastores nocturnos. Gritaram-lhe, perguntando se vira a caça-
da. O homem, conforme reza a história, estava tão apavorado que
mal podia falar, mas finalmente contou que realmente vira a infeliz
donzela, com os cães no seu encalço. «Vi mais do que isso», prosse-
guiu. «Hugo de Baskerville passou por mim na égua negra e atrás de-
le corria, silencioso, um cão do Inferno, que eu espero que Deus
jamais permita que venha atrás de mim!»

Os cavaleiros bêbedos amaldiçoaram o pastor e continuaram.
Mas logo sentiram o sangue gelar-se-lhes nas veias, pois ouviram um
som de galope pela charneca, e a égua negra, salpicada de espuma,
passou por eles com as rédeas soltas e a sela vazia. Os homens caval-
garam então lado a lado, pois estavam possuídos pelo medo; seguiram
ainda pelo campo, se bem que cada um deles, se estivesse só, tivesse

virado o cavalo, para dali fugir o mais depressa possível. Cavalgando devagar, finalmente encontraram os cães. Embora conhecidos pela sua coragem e raça, agora ganiam numa moitinha no topo de um declive, alguns tentando escapulir e outros fitando, de olhos arregalados, o vale lá em baixo.

Os cavaleiros tinham parado e, como bem podeis imaginar, estavam mais lúcidos do que quando haviam partido. A maior parte não queria por nada avançar, mas três deles, os mais ousados ou, talvez, os mais bêbedos, adiantaram-se para o declive. O caminho alargava-se no ponto onde se encontram aquelas duas grandes pedras que ainda hoje podem ser vistas, e que lá foram postas por gente já esquecida, dos velhos tempos. A Lua brilhava na clareira, mas ali no centro estava a infeliz jovem, no sítio onde caíra morta de medo e de fadiga. Mas não foi o facto de ver o seu corpo, nem tão-pouco o corpo de Hugo Baskerville a seu lado, que fez com que se arrepiassem os cabelos daqueles fanfarrões, e sim porque em cima de Hugo, puxando-lhe a garganta, estava uma coisa asquerosa, um animal negro e enorme, que parecia um sabujo e, no entanto, era maior do que qualquer cão de caça jamais visto. O bicho rasgou a garganta de Hugo e, quando se virou para os outros, de olhos reluzentes e mandíbulas sangrentas, os três gritaram de medo e partiram desabaladamente, ainda aos berros, pelo campo fora. Um deles, ao que dizem, morreu naquela mesma noite, e os outros dois ficaram com a saúde arruinada até ao fim da vida.

É esta a história, meus filhos, da chegada do cão que dizem ter tão tristemente atormentado a nossa família desde então. Se aqui a relato, é porque as coisas conhecidas são menos apavorantes do que as que são apenas sugeridas, ou adivinhadas. Nem se pode negar que muitas pessoas da família tiveram morte infeliz: morte súbita, sangrenta, misteriosa. Apesar disto, possamos nós procurar abrigo na infinita bondade de Deus, que não há-de punir eternamente os inocen-

tes, além da terceira ou da quarta geração, conforme está gravado na
Sagrada Escritura. A esta Providência, meus filhos, eu vos recomendo;
e aconselho-vos, como meio de prudência, a não atravessar a charneca
naquelas sombrias horas em que os poderes do mal estão exaltados.

(De Hugo Baskerville a seus filhos Rodger e John, com a reco-
mendação de nada dizerem à sua irmã Elizabeth.)

Quando acabou de ler a singular narrativa, o doutor
Mortimer levantou os óculos para a testa e fitou Sherlock
Holmes. O detective bocejou e atirou o cigarro para o lume.

— Então? — perguntou ele.

— Não acha interessante? — perguntou Mortimer.

— Sim, para um coleccionador de contos de fadas.

O doutor Mortimer tirou do bolso um recorte de jornal.

— Agora, senhor Holmes, vou mostrar-lhe algo de
mais recente. Isto aqui é do jornal *Devon County Chronicle* de
14 de Junho deste ano. Uma breve notícia do que se dedu-
ziu da morte de *Sir* Charles Baskerville, ocorrida poucos
dias antes desta data.

Holmes inclinou-se ligeiramente para a frente, com expressão de interesse. O nosso visitante ajeitou de novo os
óculos e começou:

A morte recente de Sir *Charles Baskerville, cujo nome começava*
a ser mencionado como provável candidato liberal por Mid-Devon na
próxima eleição, causou grande tristeza no condado. Embora tivesse
residido em Baskerville por tempo relativamente curto, Sir *Charles*
conquistara o respeito e a amizade de todos, graças à sua amabilidade
e grande generosidade. Nestes dias de nouveaux-riches, *é agradável*

encontrar um caso onde o rebento de uma velha família, que sofreu reveses, consegue fazer fortuna e empregá-la a restaurar a grandeza perdida da sua linhagem. Sir Charles, como é sabido, ganhou muito dinheiro em especulações, na África do Sul. Mais avisado do que aqueles que continuam a especular até a sorte se mostrar adversa, ganhou os seus bens e voltou para Inglaterra. Há somente dois anos que fixou residência na mansão dos Baskervilles, e todos conhecem os planos de reconstrução e progresso que foram interrompidos por sua morte. Como não tinha filhos, desejava Sir Charles que todo o condado beneficiasse da sua prosperidade, e muitas pessoas terão razões pessoais para chorar a sua morte prematura. Os generosos donativos por ele feitos a instituições de caridade foram muitas vezes comentados nestas colunas.

As circunstâncias da morte de Sir Charles não foram inteiramente esclarecidas no inquérito, mas, pelo menos, muito se fez para dissipar os boatos espalhados pela superstição local. Não há qualquer motivo para se suspeitar de um crime, ou acreditar que não se trate de morte natural. Sir Charles era viúvo e, dizem alguns, um tanto excêntrico. Apesar da sua grande fortuna, tinha hábitos simples e os seus criados em Baskerville não passavam de dois, o casal Barrymore, o marido trabalhando como mordomo e a mulher como governanta. Pelo depoimento do casal, corroborado pelos de vários amigos, sabemos que Sir Charles ultimamente não estava bem de saúde, parecia ter uma lesão cardíaca, revelada pela mudança de cor, falta de ar e crises de depressão nervosa. O doutor James Mortimer, amigo e médico do falecido, prestou depoimento a respeito do assunto.

Os factos são simples. Sir Charles Baskerville tinha o hábito de, todas as noites, antes de se retirar, andar pela famosa Alameda de Teixos, na mansão dos Baskervilles. O depoimento dos Barrymore mostra que era esse o seu costume. No dia 4 de Junho, Sir Charles manifestara a intenção de ir a Londres no dia seguinte, e dera ordem a Barrymore para lhe preparar a mala. Naquela noite ele saiu, como sempre, para o passeio nocturno, e era também seu hábito fumar um cigarro. Não voltou desse passeio. À meia-noite, como visse ainda aberta a porta do saguão, Barrymore alarmou-se e, apanhando uma lanterna, saiu à procura do patrão. Chovera naquele dia, de modo que foi fácil notar as suas pegadas. A meio caminho, na alameda, há um portão que dá para a charneca. Há indícios de Sir Charles ali ter parado por alguns minutos. Depois, continuou o passeio e o seu corpo foi encontrado ao fim da alameda. Um facto não foi explicado, isto é, a declaração de Barrymore de que os passos do patrão se alteraram, desde o momento em que saiu o portão, parecendo daí por diante ter caminhado na ponta dos pés. Um tal Murphy, cigano, vendedor de cavalos, encontrava-se no campo, não muito longe, mas ele próprio confessou que estava embriagado. Declara ter ouvido gritos, mas não sabe de onde vinham. Não havia sinal de violência no corpo de Sir Charles e, embora o exame médico indicasse uma incrível distorção facial (tão grande que o doutor Mortimer, a princípio, se recusou a acreditar que se tratasse do seu amigo e cliente), isto foi explicado como sendo um sintoma não raro em casos de dispneia e morte por exaustão cardíaca. A explicação foi dada após a autópsia, que provou haver uma lesão séria, e a decisão do juiz foi ao encontro da opinião do médico-legista. Felizmente foi este o resultado, pois é de suma importância que o herdeiro de Sir Charles se instale em Baskerville e continue a sua boa obra, tão tristemente interrompida. Se a prosaica decisão do juiz não tivesse posto fim aos boatos românticos acerca do caso, difícil seria encontrar morador para Baskerville. Parece que o herdeiro, se estiver vivo, é o senhor Henry Baskerville, filho do irmão mais novo de Sir Charles. Quando se ouviu falar deste rapaz pela última vez, ele encontrava-se na América, e estão a ser feitas investigações para o descobrir e informar da sua boa sorte.

O doutor Mortimer dobrou o recorte e guardou-o no bolso.

— São estes os factos conhecidos, senhor Holmes, em relação à morte de *Sir* Charles Baskerville.

— Devo agradecer-lhe por ter chamado a minha atenção para um caso que certamente apresenta aspectos interessantes — disse Holmes. — Li alguns comentários nos jornais, na altura, mas estava muito preocupado com o caso dos camafeus do Vaticano e, no meu desejo de servir o papa, deixei de tomar conhecimento de vários casos interessantes em Inglaterra. Diz o senhor que este artigo contém todos os factos conhecidos do público?

— Exactamente.

— Então, conte-me os desconhecidos — disse Holmes inclinando-se e juntando as pontas dos dedos, assumindo a expressão mais impassível e judiciosa.

O doutor Mortimer, que começara a dar sinais de intensa emoção, disse:

— Ao fazer isto, vou contar-lhe factos que não confiei a pessoa alguma. A razão que tive, ao ocultá-los no inquérito, foi a repulsa que sente um cientista em colocar-se, publicamente, na posição de quem aceita uma superstição. Animava-me também outro motivo, isto é, saber que Baskerville ficaria desabitada, conforme disse o jornal, caso alguma coisa viesse denegrir mais a sua reputação. Por essas duas razões, achei que tinha o direito de dizer menos do que sabia, já que não haveria nenhuma vantagem prática; mas, com o senhor, não há motivo para não ser absolutamente franco.

»A charneca é pouco habitada e aqueles que moram perto estão sempre juntos. Por isso eu via muito *Sir* Charles

Baskerville. Com excepção do senhor Frankland, de Lafter Hall, e do senhor Stapleton, o naturalista, não há nenhuma outra pessoa educada numa área de muitos quilómetros. *Sir* Charles era um homem retraído, mas a sua doença aproximou-nos e um comum interesse pela ciência uniu-nos. Ele trouxera bastantes informações científicas da África do Sul e passámos muitas noites agradáveis, discutindo a anatomia comparada do boxímane e do hotentote.

»Nos últimos meses, vi claramente que *Sir* Charles estava num ponto extremo de esgotamento nervoso. Ele levara muito a sério a lenda que acabei de ler-lhe, a tal ponto que, embora passeasse pelas suas terras, nada o induziria a aventurar-se pela charneca à noite. Por incrível que pareça, senhor Holmes, ele estava convencido de que uma terrível maldição pesava sobre a sua família, e não há dúvida de que os casos que me contava nada tinham de animadores. A ideia de uma presença terrível obcecava-o, constantemente, e mais de uma vez me perguntou se, numa das minhas visitas profissionais, eu vira alguma criatura estranha, ou ouvira o latir de um cão. Esta última pergunta foi-me feita várias vezes, e sempre numa voz vibrante de excitação.

»Lembro-me muito bem de ter ido uma noite a sua casa, três semanas antes da tragédia. Deu-se o caso de ele estar à porta. Eu descera do trem e estava na frente dele, quando vi os seus olhos fixos por cima dos meus ombros, olhando para alguma coisa atrás de mim, com uma expressão de horror. Virei-me de repente e tive apenas tempo de ver algo que me pareceu uma grande bezerro preto, que passava no alto da alameda. Tão excitado e alarmado estava *Sir* Charles, que me vi obrigado a ir até ao ponto onde divisara o animal, para procurá-lo. Mas desaparecera e o incidente causou péssima impressão ao meu amigo. Fiquei com ele a noite toda e foi nessa ocasião que, para explicar a emoção que sentira, ele me confiou o documento que acabei de ler. Menciono este episódio, porque assume alguma importância perante a tragédia que se seguiu, mas na ocasião eu estava convencido de que seria uma coisa vulgar e que a excitação de *Sir* Charles não tinha razão de ser.

»Fora a meu conselho que *Sir* Charles resolvera ir para Londres. Eu sabia que ele sofria do coração e a constante ansiedade em que vivia, por pueril que fosse a causa, estava a afectar-lhe seriamente a saúde. Achava eu que alguns meses de distracção na cidade fariam dele um novo homem. O senhor Stapleton, um amigo comum, que muito se preocupava com a saúde de *Sir* Charles, era da mesma opinião. No último momento, deu-se a catástrofe.

»Barrymore, o mordomo, que foi quem verificou a morte do patrão, mandou um dos moços de estrebaria, Perkins, buscar-me a cavalo. Eu ainda não me deitara e, por isso, cheguei a Baskerville uma hora depois do acontecimento. Verifiquei e corroborei todos os factos mencionados no inquérito. Segui as pegadas na alameda de teixos, vi o lugar perto do portão que dá para a charneca, onde ele parecia ter parado, notei a mudança na forma das pegadas dali por diante, verifiquei que não havia outras pegadas, além das de Barrymore, no chão macio. Finalmente, examinei com cuidado o corpo, no qual não haviam tocado até à minha chegada. *Sir* Charles estava de bruços, de braços abertos, os dedos enfiados no chão, os traços convulsos por uma estranha emoção, a tal ponto que mal o reconheci. Não havia, indiscutivelmente, nenhum sinal de agressão. Mas uma declaração falsa foi feita por Barrymore, no inquérito. Disse que não havia sinais no chão, perto do corpo. Não viu nenhum. Mas eu vi... a pequena distância, frescos e nítidos.

— Pegadas?

— Sim, pegadas.

— De homem ou de mulher?

O doutor Mortimer fitou-nos estranhamente por um momento, e foi quase num murmúrio que respondeu:

— Senhor Holmes, eram pegadas de um cão enorme!

3

O PROBLEMA

Confesso que, ao ouvir aquelas palavras, um calafrio me percorreu o corpo. Havia uma vibração na voz do médico que indicava que estava profundamente emocionado com o que nos contara. Holmes inclinou-se para a frente, excitado. Os seus olhos tinham o brilho duro e seco que neles surgia quando estava profundamente interessado.

— O senhor viu isso?

— Tão claramente como o vejo agora.

— E não disse nada?

— De que adiantava?

— Como é que ninguém mais notou?

— As marcas estavam a seis metros do corpo e ninguém lhes deu atenção. Não creio que eu também tivesse ligado ao facto, se não conhecesse a lenda.

— Há muitos cães de pastores, na charneca?

— Sem dúvida, mas aquele cão não era de pastor.

— O senhor disse que era muito grande?

— Enorme.

— Mas não se aproximara do corpo?

— Não.

— Que espécie de noite estava?

— Húmida e fria.

— Mas não chovia?

— Não.

— Como é essa alameda?

— Há duas fileiras de velhos teixos, que formam uma sebe de três metros e meio de altura, alta e impenetrável. O caminho, ao centro, tem mais ou menos dois metros e meio de largura.

— Há alguma coisa entre as sebes e o caminho?

— Sim, há, de cada lado, uma tira de relva de mais ou menos um metro e meio de largura.

— Pelo que ouvi, há um portão nessa sebe?

— Sim, um portão de vime, que dá para o campo.

— Há outra entrada?

— Não, não há.

— De modo que, para alguém entrar na alameda de teixos, tem de vir da casa ou passar pelo portão?

— Há uma saída pela estufa, no fim da alameda.

— *Sir* Charles chegara até lá?

— Não; estava ainda a cinquenta metros de lá.

— Diga-me agora, doutor Mortimer (e isto é importante): as marcas estavam na areia e não na relva?

— Nenhuma marca era visível na relva.

— As marcas estavam no mesmo lado do portão que dá para o campo?

— Sim, estavam.

— Isso interessa-me muito. Outra coisa: o portão estava fechado?

— Fechado com cadeado.

— Que altura tem?

— Mais ou menos um metro e vinte de altura.

— Então, qualquer pessoa poderia pular por cima.

— Poderia.

— E que marcas viu perto do portão?

— Nenhuma marca especial.

— Deus do céu! Ninguém examinou?...

— Sim, eu próprio examinei.

— E nada encontrou?

— Era tudo muito confuso. Evidentemente, *Sir* Charles estivera ali parado durante cinco ou dez minutos.

— Como sabe isso?

— Porque a cinza do cigarro dele caíra duas vezes no chão.

— Bravo! Aqui temos um colega, e dos bons, Watson. Mas as marcas?...

— Ele deixou as marcas na areia, mas não vi outras.

Sherlock Holmes bateu com a mão no joelho, com um gesto impaciente.

— Se ao menos eu lá tivesse estado! — exclamou. — Não há dúvida de que é um caso extraordinário, que apresenta imensas oportunidades ao perito. Aquela página de areia, onde eu poderia ter lido tanta coisa, foi manchada pela chuva e deformada pelos tamancos de camponeses curiosos. Oh, doutor Mortimer, doutor Mortimer, pensar que não me chamou! O senhor tem realmente contas a prestar.

— Não poderia chamá-lo, senhor Holmes, sem revelar ao mundo esses factos, e já lhe expus razões para a minha maneira de agir. Além disso...

— Porque hesita?

— Existe um reino, onde o mais astuto e o mais experiente dos detectives é impotente.

— O senhor quer dizer que se trata de algo de sobrenatural?

30

— Não disse isso.

— Não disse, mas evidentemente é o que pensa.

— Depois da tragédia, senhor Holmes, tenho ouvido falar de vários incidentes, que mal podem ser considerados naturais.

— Por exemplo?

— Soube que, antes do acontecimento, várias pessoas viram na charneca uma criatura cuja descrição corresponde à do demónio de Baskerville e que não pode ser nenhum animal conhecido da ciência. Estão todos de acordo em que se trata de um ser enorme, luminoso, assustador e espectral. Interroguei aqueles homens, um aldeão inteligente, um ferreiro e um fazendeiro da charneca, e todos contam a mesma história a respeito da terrível aparição, que corresponde exactamente ao cão-fantasma da lenda. Posso garantir-lhe que há uma onda de terror no distrito, e que bem corajoso pode ser considerado o homem que atravessar o campo à noite.

— E o senhor, cientista experiente, acredita que seja algo de sobrenatural?

— Não sei o que pensar.

Holmes encolheu os ombros.

— Até hoje, as minhas investigações limitaram-se a este mundo — disse ele. — De maneira modesta, tenho combatido o mal, mas talvez seja ambição excessiva desafiar o Pai do Mal. Apesar disso, o senhor tem de admitir que a pegada é material.

— O primeiro cão era suficientemente material para rasgar a garganta de um homem e, ao mesmo tempo, bastante diabólico.

— Vejo que o senhor passou para o campo dos *sobrenaturalistas*. Mas agora, doutor Mortimer, diga-me uma coisa.

Se o senhor tem essas ideias, porque veio consultar-me? Diz que é inútil investigar a morte de *Sir* Charles e, ao mesmo tempo, deseja que eu o faça.

— Não disse que desejava que o senhor a investigasse.

— Então, de que maneira lhe posso ser útil?

— Aconselhando-me sobre o que devo fazer com *Sir* Henry Baskerville, que chega hoje à estação Waterloo... — O doutor Mortimer consultou o relógio e continuou: — ... exactamente dentro de uma hora e um quarto.

— É ele o herdeiro?

— É. Após a morte de *Sir* Charles, procurámos o rapaz e descobrimos que arranjara uma quinta no Canadá. Pelas notícias que nos chegaram, é óptima pessoa. Falo agora não como médico, mas sim como inventariante de *Sir* Charles.

— Não há outro pretendente, creio eu?

— Nenhum. O outro único parente de que ouvimos falar é Rodger Baskerville, o mais novo dos três irmãos, sendo *Sir* Charles o mais velho. O segundo, que morreu jovem, é o pai do actual herdeiro, Henry. O terceiro, Rodger, era a ovelha negra da família. Tinha as características dos antigos Baskervilles e era, pelo que apurei, o retrato do velho Hugo. Como era perigoso para ele continuar em Inglaterra, fugiu para a América Central, onde morreu de febre amarela, em 1876. Henry é o último dos Baskervilles. Dentro de uma hora e cinco minutos, vou ao seu encontro na estação de Waterloo. Recebi um telegrama, a avisar que ele chegaria a Southampton hoje de manhã. Agora, senhor Holmes, que me aconselha?

— Porque não há-de ele ir para a mansão dos seus antepassados?

— É o que parece lógico, não é? Apesar disso, note que todos os Baskervilles que para lá vão encontram morte

College/Shaw 416-393-7668

Toronto Public Library

User ID: 2 ********** 7487

Date Format: DD/MM/YYYY

Number of Items: 1

Item ID:37131096084686
 Title O c Húo dos Baskervilles
 Date due:03/07/2019

trágica. Tenho a certeza de que, se *Sir* Charles tivesse podido falar comigo antes de morrer, me teria prevenido para não levar o último da sua raça, e herdeiro de uma grande fortuna, para aquele lugar fatídico. E, no entanto, não se pode negar que a prosperidade daquela pobre região depende da sua presença. A benéfica obra de *Sir* Charles cairá por terra, se não houver um morador em Baskerville. Receei, contudo, deixar-me influenciar pelo meu interesse no assunto, e por isto vim pedir-lhe conselho.

Holmes reflectiu, durante alguns segundos.

— Falando claramente, na sua opinião há um agente diabólico que faz com que Dartmoor seja uma residência insegura para um Baskerville, não é?

— Pelo menos, aventuro-me a dizer que há indícios de que assim seja.

— Exactamente. Mas, se a sua teoria sobrenatural está certa, não há dúvida de que o tal agente poderia causar dano ao rapaz, tanto em Londres como em Devonshire. Não se pode conceber um demónio que só tenha poder local.

— O senhor trata do assunto com uma petulância, senhor Holmes, que certamente não usaria, se tivesse tido contacto directo com essas coisas. Na sua opinião, ao que me parece, o rapaz estará tão seguro em Devonshire como em Londres. Ele chega dentro de cinquenta minutos. Que me aconselha?

— Aconselho-o a tomar um carro, chamar o seu cão, que está a arranhar a minha porta, e dirigir-se para Waterloo, ao encontro de *Sir* Henry.

— E então?...

— E, então, nada lhe deverá dizer, até eu ter tomado uma resolução.

— Quanto tempo levará a tomar essa resolução?

— Vinte e quatro horas. Gostaria que amanhã às dez horas o doutor Mortimer tivesse a gentileza de vir procurar-me aqui, e seria vantajoso para os meus planos futuros que *Sir* Henry Baskerville o acompanhasse.

— Plenamente de acordo, senhor Holmes.

O doutor Mortimer tomou nota no punho da camisa e saiu apressadamente, com aquele seu jeito estranho, furtivo e distraído. Holmes deteve-o, no alto da escada.

— Mais uma pergunta, doutor Mortimer. O senhor disse que, antes da morte de *Sir* Charles, várias pessoas viram a aparição, na charneca?

— Três pessoas a viram.

— Alguma a viu depois?

— Não, que eu saiba.

— Obrigado. Até amanhã.

Holmes voltou ao seu lugar, com aquela expressão calma, de íntima satisfação, que indica que tem diante de si tarefa a seu gosto.

— Vai sair, Watson?

— Sim, a não ser que possa ser-lhe útil.

— Não, meu caro amigo, é na hora de agir que preciso do seu auxílio. Mas isto é esplêndido, é único, sob vários aspectos. Quando passar por Bradley's, quer fazer o favor de pedir que me mandem uma libra do tabaco mais forte que tiverem? Obrigado. Seria preferível que você não voltasse antes da noite. Terei então muito prazer em comparar as nossas impressões sobre o interessantíssimo problema que nos foi apresentado hoje de manhã.

Eu sabia que o meu amigo necessitava de solidão e sossego nessas horas de intensa concentração mental em que pesava todos os indícios, construía teorias alternadas, comparava uma com a outra e decidia quais os pontos essenciais e quais aqueles sem importância. Portanto, passei o dia no clube e não voltei a Baker Street a não ser à noite. Eram nove horas quando de novo me vi na sala de Holmes.

A minha primeira impressão, quando entrei, foi de que a casa pegara fogo, pois a sala estava cheia de fumo que semiocultava o candeeiro sobre a mesa. Verifiquei que os meus receios não tinham fundamento, pois o fumo era de tabaco forte, que me fez tossir. Através da névoa, distingui vagamente Holmes, de roupão, encolhido numa poltrona, com um cachimbo negro na boca. Vários rolos de papel estavam espalhados à sua volta.

— Constipou-se, Watson?

— Não, é esta atmosfera envenenada que me faz tossir.

— Realmente está pesada; agora que você me chamou a atenção é que dei por isso.

— Pesada? Intolerável!

— Pois então abra a janela. Vejo que passou o dia no clube.

— Caro Holmes!

— Acertei?

— Sem dúvida, mas...?

Ele riu-se da minha expressão atónita.

— Há em si uma deliciosa frescura, Watson, que faz com que seja um prazer exercitar, à sua custa, os pequeninos dons que possuo. Um cavalheiro sai de casa num dia chuvoso e nublado. Volta, à noite, com o chapéu e os sapatos ainda reluzentes. Esteve, portanto, dentro de casa todo o dia. Não é homem que tenha amigos íntimos. Onde, então, poderá ter estado? Não é óbvio?

— Sem dúvida, é óbvio.

— O mundo está cheio de coisas óbvias, que ninguém observa. Onde pensa que estive?

— Em casa, também.

— Pelo contrário, estive em Devonshire.

— Em espírito?

— Exactamente. O meu corpo ficou aqui nesta poltrona e, infelizmente, consumiu na minha ausência dois grandes bules de café e uma incrível quantidade de tabaco. Depois que você saiu, mandei buscar o mapa daquela região onde fica a charneca e o meu espírito por ali pairou o dia todo. É sem modéstia que afirmo que não me perdi.

— Um mapa grande, suponho.

— Muito grande. — Holmes desenrolou um pedaço do mapa e estendeu-o sobre os joelhos. — Aqui temos o distrito que nos interessa. A mansão dos Baskervilles fica no meio.

— Cercada por mato?

— Exactamente. Creio que a alameda de teixos, embora aqui não esteja marcada, estende-se nesta linha, com a charneca à direita, como pode ver. Este grupo de casas, aqui, é o lugarejo de Grimpen, onde o nosso amigo, o doutor Mortimer, reside. Numa área de oito quilómetros há, como pode verificar, apenas algumas casas espalhadas. Aqui está Lafter Hall, que foi mencionado na narrativa. Aqui vemos uma casa que talvez seja a residência do naturalista Stapleton, creio que é o seu nome. Aqui, duas casas de campo, na charneca, High Tor e Foulmire. E, a vinte quilómetros de distância, a grande prisão de Princetown. Entre esses pontos, e à sua volta, estende-se a charneca deserta e sem vida. Aqui, portanto, é o palco onde foi representada a tragédia e onde, com o nosso auxílio, outra poderá ser evitada.

— Deve ser um lugar selvagem.

— Sim, o ambiente é apropriado. Se o demónio desejasse interferir nos negócios dos homens...

— Então está inclinado a dar uma explicação sobrenatural! — exclamei.

— Os agentes do diabo podem ser de carne e osso, não podem? Duas perguntas nos esperam, no princípio. A primeira é: terá sido cometido um crime? A segunda: que crime, e como foi ele cometido? Claro que, se a suspeita do doutor Mortimer for certa e estivermos a lutar com forças fora das leis comuns da natureza, termina aqui a nossa investigação. Mas temos de esgotar todas as outras hipóteses, antes de nos conformarmos com esta. Creio que será melhor fechar de novo aquela janela, se não faz questão. É estranho, mas acho que um ambiente fechado ajuda à concentração mental. Não cheguei ao extremo de me encerrar numa caixa para reflectir, mas é este o resultado lógico das minhas convicções. Você examinou o caso?

— Sim, pensei muito nele durante o dia.

— Qual a sua opinião?

— É desnorteante.

— Não há dúvida de que tem as suas particularidades. Há nele pontos distintos. Aquela mudança nas pegadas, por exemplo. Que me diz a isso?

— Mortimer disse que o homem tinha andado na ponta dos pés, naquele trecho da alameda.

— Ele apenas repetiu o que um idiota declarou no inquérito. Porque haveria alguém de andar na ponta dos pés, na alameda?

— Então, o que foi?

— Ele fugia, Watson; fugia desesperadamente, corria para salvar a vida, correu até o seu coração estoirar e ele cair morto por terra.

— Fugia de quê?

— Aí está o nosso problema. Há indícios de que o homem estava louco de medo, antes mesmo de começar a correr.

— Porque diz isso?

— Suponho que a causa do seu terror tivesse vindo da charneca. Se assim foi, e é o que parece provável, somente um homem que tivesse perdido a cabeça correria em sentido contrário à sua casa e não para ela. Se acreditarmos no depoimento do cigano, ele começou a correr, bradando por socorro, na direcção de onde havia menos probabilidades de vir auxílio. Além disso, de quem estava ele à espera, naquela noite, e porque esperava por essa pessoa na alameda de teixos, e não em casa?

— Acha que estava à espera de alguém?

— *Sir* Charles era velho e doente. Podemos compreender que desse um passeiozinho à noite, mas o chão estava húmido e a noite má. Acha natural que ele tenha ficado parado durante cinco ou dez minutos, conforme dedução do doutor Mortimer, que mostra assim ter mais senso prático do que eu o julgava capaz?

— Mas ele saía todas as noites.

— Acho pouco plausível que parasse perto do portãozinho todas as noites. Pelo contrário, sabemos que evitava a charneca. Naquela noite, ficou ali, à espera. Era a noite anterior à sua partida para Londres. A coisa começa a tomar forma, Watson, está a tornar-se coerente. Peço-lhe que me dê o meu violino; adiaremos as meditações sobre o assunto até termos tido ocasião de ver o doutor Mortimer e *Sir* Henry Baskerville, manhã cedo.

CAPÍTULO

4

SIR HENRY BASKERVILLE

A mesa do pequeno-almoço fora levantada cedo e Holmes esperava, de roupão, a chegada dos visitantes. Foram pontuais, pois o relógio acabara de dar dez horas quando o doutor Mortimer entrou, seguido pelo jovem baronete. *Sir* Henry era baixo, vivo, de olhos escuros, parecendo ter mais ou menos trinta anos. Entroncado, com grossas sobrancelhas negras, rosto forte e belicoso. Usava um fato de *tweed* de um castanho-avermelhado e tinha a aparência um tanto estragada de quem passou a vida ao ar livre. Apesar disso, havia nos seus olhos firmes uma tranquila segurança, que indicava nele um cavalheiro.

— Apresento-lhe *Sir* Henry Baskerville — disse Mortimer.

— Pois é, senhor Holmes — disse *Sir* Henry. — E o mais estranho é que, mesmo que o meu amigo não tivesse sugerido que viéssemos aqui, eu teria vindo espontaneamente. Ouvi dizer que o senhor resolve charadas e dei hoje com uma que precisa, para ser decifrada, de alguém que saiba entendê-la melhor do que eu.

— Sente-se, por favor, *Sir* Henry. Quer dizer que lhe aconteceu algo de extraordinário, desde que chegou a Londres?

— Nada de importante, senhor Holmes. Somente uma brincadeira, ao que parece. Trata-se desta carta, se é que se pode chamar a isto carta, que recebi hoje de manhã.

Colocou o envelope na mesa e todos nos inclinámos para vê-lo. Era um envelope comum, meio acinzentado. O endereço «*Sir* Henry Baskerville, Northumberland Hotel», estava escrito em caracteres vulgares; o carimbo era «Charing Cross», com a data da véspera.

— Quem sabia que o senhor ia para o hotel Northumberland? — perguntou Holmes, olhando com firmeza o visitante.

— Ninguém poderia ter sabido. Só o resolvemos depois de me ter encontrado com o doutor Mortimer.

— Mas com certeza o doutor Mortimer já estava hospedado ali?

— Não, estava em casa de um amigo — replicou o doutor Mortimer. — Não havia a mínima indicação de que iríamos para aquele hotel.

— Hum... Parece que alguém esteve muito interessado nos seus passos — disse Holmes.

Tirou de dentro do envelope meia folha de papel almaço, dobrada em quatro. Abriu-a e estendeu-a em cima da mesa. No meio, havia uma única frase, feita com letras de jornal, recortadas e ali coladas. Lemos:

Se der valor à sua vida ou à sua razão, afaste-se da charneca.

Apenas a palavra «charneca» estava escrita a tinta.

— Agora, talvez o senhor possa dizer-me, senhor Holmes, que espécie de coisa significa isto, e quem é que pode estar tão interessado nos meus negócios — pediu *Sir* Henry.

— Qual é a sua opinião, doutor Mortimer? O senhor há-de convir que, pelo menos nisto, nada há de sobrenatural?

— Não senhor, mas pode ter sido mandado por alguma pessoa que acredite que esta história seja sobrenatural.

— Que história? — perguntou *Sir* Henry bruscamente. — Parece-me que os senhores sabem muito mais dos meus assuntos do que eu próprio.

— Prometo-lhe que ficará a par de tudo o que sabemos antes de sair daqui, *Sir* Henry — disse Sherlock Holmes. — Agora vamos ocupar-nos, se nos dá licença, deste interessante documento, que deve ter sido feito e posto no correio ontem. Tem aí o *Times* de ontem, Watson?

— Está aqui, neste canto.

— Quer fazer o favor de me dar a página de dentro, com os artigos principais? — Holmes relanceou vivamente os olhos pelas colunas. — Óptimo artigo, este aqui sobre comércio livre. Vou ler um trecho.

> *Talvez haja quem possa convencê-los a imaginar que a instituição de uma tarifa especial seja proveitosa à sua indústria, ao seu comércio ou à sua prosperidade; mas, se isto se der, a razão indicará, no fim de contas, que tal lei fará com que a riqueza se afaste do país, pois diminuirá o valor da nossa importação e fará com que piorem as condições de vida nesta ilha.*

— Que me diz a isto, Watson? — exclamou Holmes, muito animado, esfregando as mãos de satisfação. — Não acha admirável?

O doutor Mortimer olhou para Holmes com ar de interesse profissional e *Sir* Henry fitou-me com expressão perplexa nos olhos escuros.

— Não entendo de tarifas e coisas desse género — disse ele. — Mas parece-me que nos afastamos do assunto, no que se refere a essa carta.

— Pelo contrário, acho que estamos no caminho certo, *Sir* Henry. Watson conhece melhor os meus métodos do que o senhor, mas receio que nem ele tenha alcançado o significado desta leitura.

— Confesso que não vejo relação — disse eu.

— E no entanto, caro Watson, existe uma relação intima, que é ter sido uma tirada da outra. «A sua», «à sua», «razão», «vida», «valor», «afaste-se», «se der». Não vê agora de onde foram tiradas essas palavras?

— Por Deus, tem razão! Francamente, é brilhante! — exclamou *Sir* Henry.

— Se restasse alguma dúvida, seria dissipada pelo facto de «se der» e «à sua» terem sido cortados num só pedaço.

— Ora, ora, é isso mesmo!

— Francamente, senhor Holmes, isto excede tudo o que eu pudesse imaginar — disse o doutor Mortimer, olhando com surpresa para o meu amigo. — Compreendo que qualquer pessoa possa dizer que são palavras tiradas de um jornal, mas que o senhor dissesse qual o jornal, e pudesse ainda afirmar que eram do artigo principal, é uma das coisas mais extraordinárias que já vi. Como foi que o conseguiu?

— Suponho, doutor, que o senhor poderia distinguir o crânio de um negro do de um esquimó?

— Certamente.

— Mas, como?

— Porque é a minha especialidade e as diferenças são óbvias. A crista supra-orbitária, o ângulo facial, a curva do maxilar...

— Pois também esta é a minha especialidade e as diferenças são óbvias — disse Holmes. — A meus olhos há tanta diferença entre a impressão cuidada de um artigo do *Times* e a impressão má de um jornal vespertino de meio *penny,* como há, a seus olhos, entre o crânio de um negro e o de um esquimó. O conhecimento de tipos de impressão é um dos ramos elementares, para o perito em crimes, embora eu confesse que, quando era muito novo, confundi o *Leeds Mercury* com o *Western Morning News.* Mas o artigo de fundo do *Times* é diferente e essas palavras do bilhete não poderiam ter sido tiradas de nenhum outro jornal. Como o bilhete foi feito ontem, a maior probabilidade era terem as palavras sido recortadas do número de ontem.

— Então, pelo que deduzi das suas explicações, senhor Holmes, alguém cortou essas palavras com uma tesoura... — disse *Sir* Henry.

— Tesourinha de unhas — interrompeu Holmes. — Pode ver que foi uma tesoura de lâmina muito curta, uma vez que a pessoa teve de dar duas tesouradas, para destacar as palavras «se der».

— Isso mesmo. Então alguém cortou as palavras com uma tesoura curta e colou-as com cola...

— Com grude — disse Holmes.

— Com grude, no papel. Mas gostaria de saber porque é que a palavra «charneca» foi escrita.

— Porque quem escreveu não a encontrou impressa. As outras palavras eram simples e poderiam ser encontradas em qualquer número, mas «charneca» já não é tão vulgar.

— Sim, realmente, isso explicaria o facto. Leu mais alguma coisa na mensagem, senhor Holmes?

— Há um ou dois indícios, apesar de a pessoa ter tido o cuidado de remover tudo o que pudesse servir de pista. O endereço, como os senhores vêem, está impresso em caracteres grosseiros. Mas o *Times* é um jornal que quase só é lido por pessoas educadas. Podemos deduzir, portanto, que a carta foi escrita por um homem educado que deseja passar por inculto, e o esforço que fez para não escrever com a sua própria letra indica que essa letra é conhecida, ou poderá vir a ser conhecida pelo senhor. Observe, também, que as palavras não foram coladas em linha recta, que algumas estão muito mais altas do que as outras. «Vida», por exemplo, está muito fora do lugar. Isto pode indicar descuido ou pressa por parte do remetente. Inclino-me para a última hipótese, já que o assunto é muito importante e é pouco provável que o autor da tal carta não tivesse cuidado. Se ele estava com pressa, surge a questão: porque estaria com pressa, uma vez que qualquer carta posta no correio de manhã chegaria as mãos de *Sir* Henry antes que ele deixasse o hotel? O autor da carta temeria uma interrupção? E de quem?

— Estamos agora a entrar no reino das hipóteses — observou o doutor Mortimer.

— Digamos, antes, no reino onde pesamos as probabilidades e escolhemos as de maior valor. É o uso científico da imaginação; mas temos, também, base material para o começo das nossas especulações. Agora, os senhores chamariam a isto uma adivinha, mas tenho quase a certeza de que esse endereço foi escrito num hotel.

— Por que carga de água pode supor tal coisa?

— Examinando a mensagem com cuidado, veremos que tanto a pena como a tinta deram trabalho a quem escrevia. A pena esparramou tinta numa só palavra, duas vezes, e faltou tinta três vezes numa direcção curta, o que indica que o tinteiro estava quase vazio. Ora, uma caneta ou um tinteiro particulares raramente ficam nesse estado, e a combinação de ambos é rara. Mas você sabe como são as penas e os tinteiros dos hotéis. Não hesito em dizer que, se pudéssemos examinar as cestas dos hotéis perto de Charing Cross, até encontrarmos o resto do *Times* mutilado, não seria difícil descobrir a pessoa que mandou essa estranha mensagem. Olá, olá! Que é isto?

Holmes examinou com cuidado o papel onde estavam coladas as palavras, conservando-o a apenas dois ou três centímetros dos olhos.

— Então?

— Nada — respondeu ele. — É um simples pedaço de papel, sem marca de espécie alguma. Creio que já tirámos o máximo desta carta. Agora, *Sir* Henry, aconteceu-lhe mais alguma coisa interessante, depois que chegou a Londres?

— Não, senhor Holmes, creio que não.

— Não notou que alguém o seguisse ou observasse?

— Parece que caí no meio de um melodrama barato — disse ele. — Porque haveria de ser seguido?

— Já lá chegaremos. Nada mais tem a contar-nos?

— Pois bem, depende do que o senhor achar que merece ser contado.

— Qualquer coisa fora da rotina merece ser contada.

Sir Henry sorriu.

— Não sei muito a respeito da vida em Inglaterra — disse ele. — Passei quase toda a minha vida no Canadá e nos Estados Unidos. Mas creio que perder um sapato não é coisa que aconteça todos os dias.

— Perdeu um sapato?

— Caro amigo, deve estar apenas desaparecido — exclamou o doutor Mortimer. — Com certeza o encontrará, quando voltar ao hotel. De que adianta incomodar o senhor Holmes com essas insignificâncias?

— Bom, ele perguntou-me por qualquer coisa fora da rotina.

— Exactamente — disse Holmes. — Por mais tolo que pareça o incidente. Disse que perdeu um dos seus sapatos?

— Bom, pelo menos desapareceu. Deixei-os fora do quarto na noite passada e hoje de manhã só lá estava um. Não consegui explicação por parte do empregado que os engraxava. O pior é que os comprei à noite e nem chegara a usá-los.

— Se não tinham sido usados, porque mandou limpá-los?

— Eram sapatos pardos, que nunca tinham sido engraxados. Foi por isso.

— Quer dizer que, ao chegar a Londres, saiu imediatamente para comprar sapatos?

— Fiz várias compras. O doutor Mortimer acompanhou-me. O senhor compreende, já que vou ser o senhor de Baskerville, tenho de me vestir de acordo com o título e creio que acabei por ficar um pouco descuidado, lá na América. Entre outras coisas, comprei esses sapatos pardos (paguei seis dólares por eles), e um deles foi-me roubado antes que chegasse a usá-los.

— Parece um roubo inútil — disse Sherlock Holmes. — Confesso que sou da opinião do doutor Mortimer, de que em breve aparecerá.

47

O baronete exprimiu-se com firmeza:

— Agora, senhores, parece-me que já falei bastante sobre o pouco que sabia. Já é tempo de cumprir a sua promessa e de me contar o que houve.

— Pedido muito razoável — ponderou Holmes. — Doutor Mortimer, acho que o melhor seria o senhor contar a sua história.

Assim encorajado, o cientista tirou os papéis do bolso e apresentou o caso, como fizera de manhã. *Sir* Henry ouviu com a máxima atenção, deixando de vez em quando escapar uma exclamação de surpresa.

— Bom, parece que recebi uma herança perigosa — disse ele, quando viu terminada a longa narrativa. — Claro que ouvi falar no cão, desde os tempos da minha infância. É a história predilecta da família, embora eu nunca a tenha levado a sério. Quanto à morte do meu tio... pois bem, está tudo a ferver na minha mente, não posso fazer uma ideia clara. Parece-me que o senhor ainda não resolveu se é assunto para um polícia, ou para um padre.

— Exactamente.

— E agora temos esse caso da carta mandada para o hotel. Com certeza faz parte do quadro.

— Parece indicar que alguém sabe melhor do que nós o que se passa na charneca — observou o doutor Mortimer.

— E também que alguém não lhe quer mal, já que o avisa do perigo.

— Ou talvez queiram afastar-me, no seu próprio interesse — ponderou *Sir* Henry.

— Sim, naturalmente, também isso é possível. Estou-lhe muito grato, doutor Mortimer, por me ter trazido um problema que apresenta vários aspectos interessantes. Mas o ponto prático que temos de decidir agora, *Sir* Henry, é se convém ou não que o senhor vá para Baskerville.

— Porque não haveria de ir?

— Parece que há perigo.

— O senhor quer dizer perigo por parte desse diabólico inimigo da família, ou de seres humanos?

— Bom, é o que precisamos de averiguar.

— Seja como for, estou resolvido. Não há demónio no Inferno, senhor Holmes, nem homem na Terra que possam impedir-me de ir para a casa dos meus antepassados, e o senhor pode tomar esta resposta como definitiva. — *Sir* Henry estava de sobrancelhas contraídas e um rubor escuro cobria-lhe o rosto. Era evidente que o temperamento feroz dos Baskervilles não se extinguira no seu último representante. — Entretanto, mal tive tempo de pensar no que o senhor me contou. É assunto importante para que um homem tenha de compreender e decidir numa só sessão. Gostaria de reflectir, sozinho, durante uma hora. Escute, senhor Holmes, são onze e meia e vou voltar para o meu hotel. Suponhamos que o senhor e o doutor Watson vêm almoçar connosco às duas horas? Poderei então dizer-lhe mais claramente como encaro a história toda.

— Está bem para si, Watson?

— Muito bem.

— Então, pode esperar-nos — disse Holmes a *Sir* Henry. — Quer que chame um carro?

— Prefiro ir a pé, pois este assunto deixou-me perturbado.

— Acompanhá-lo-ei com prazer — disse o doutor Mortimer.

— Então encontrar-nos-emos de novo às duas horas. Até logo e passem muito bem.

Ouvimos os passos dos visitantes a descer a escada e a porta da frente a bater. Num instante, Sherlock Holmes transformara-se de lânguido sonhador em homem de acção.

— O seu chapéu, Watson, depressa! Nem um minuto a perder!

Holmes correu para o quarto, metido no seu roupão, e apareceu dali a segundos todo vestido. Descemos a correr as escadas e saímos para a rua. O doutor Mortimer e Baskerville caminhavam uns duzentos metros à nossa frente, na direcção de Oxford Street.

— Quer que eu corra e lhes peça que esperem?

— Por nada deste mundo, caro Watson. Estou plenamente satisfeito com a sua companhia, caso você esteja com a minha. Os nossos amigos têm razão, pois está de facto uma bela manhã para um passeio a pé.

Holmes apressou o passo até termos reduzido para metade a distância entre nós e os outros dois. Ainda a cem metros deles, continuámos por Oxford Street e depois por Regent Street. Uma vez os nossos amigos pararam e olharam uma vitrina. Holmes imitou-lhes o exemplo. No momento seguinte, soltou uma exclamação de alegria. Seguindo a direcção do seu olhar, vi um carro, que parara no lado oposto da rua, seguir agora de novo, lentamente.

— Lá está o nosso homem, Watson! Venha! Daremos uma olhadela ao sujeito, se não pudermos fazer mais.

Vi neste instante uma cerrada barba negra e um par de olhos agudos virarem-se para o nosso lado, através da janela lateral do carro. No mesmo instante, abriu-se a porta do tejadilho e o homem gritou qualquer coisa ao cocheiro. O carro seguiu desabaladamente por Regent Street. Holmes olhou ansiosamente à volta, mas não viu carro disponível. Correu em louca perseguição, no meio do tráfego, mas a vantagem do carro era muito grande e depressa o perdemos de vista.

— Boa, essa! — exclamou Holmes, saindo do meio da onda de veículos, ofegante e pálido de desapontamento. — Já viu maior azar, Watson, e maior inépcia? Watson, se é um homem honesto, deve tomar nota disto também, para o contrapor aos meus sucessos.

— Quem era o homem?

— Não faço a mínima ideia.

— Um espião?

— Bom, pelo que ouvimos, é evidente que *Sir* Henry tem sido vigiado desde que chegou a Londres. De que outra maneira poderiam ter sabido que escolhera o hotel Northumberland? Se puderam segui-lo no primeiro dia, nada os impede de o seguirem no segundo. Deve ter reparado que me aproximei duas vezes da janela, enquanto o doutor Mortimer lia a sua lenda.

— Lembro-me, sim.

— Estava a procurar ver se havia vagabundos na rua, mas não descobri nenhum. Estamos a lidar com um homem inteligente, Watson. O caso é profundo e, embora eu não tenha ainda resolvido se é um agente bom ou mau que está em contacto connosco, sinto que há força e intenção. Quando os nossos amigos saíram, segui-os imediatamente, na esperança de descobrir o acompanhante invisível. Tão astucioso é ele, que não quis ir a pé e arranjou um carro, para poder ir atrás deles ou passar adiante, evitando assim ser visto. O seu método tem ainda outra vantagem: o homem poderia segui-los, também, se apanhassem um carro. Existe, porém, uma evidente desvantagem.

— Fica à mercê do cocheiro.

— Exactamente.

— Que pena não termos anotado o número!

— Caro Watson, por mais inepto que eu tenha sido, não imagina realmente que tenha deixado de anotar o número. É 2704. Mas isto de nada vale de momento.

— Não sei como poderíamos ter feito mais.

— Ao dar conta do carro, eu devia ter-me virado imediatamente e caminhado na direcção oposta. Poderia então calmamente alugar um carro, seguir o primeiro a distância respeitável ou, melhor ainda, ir até ao hotel Northumberland e esperar lá. Depois de o homem ter acompanhado Baskerville até ao hotel, nós imitaríamos o seu joguinho e veríamos para onde ele ia. Em vez disso, por uma indiscreta ansiedade, de que o nosso adversário se aproveitou com extraordinária vivacidade, traímo-nos e perdemo-lo de vista.

Caminhávamos devagar, enquanto assim conversávamos, de modo que *Sir* Henry e o doutor Mortimer havia muito tinham desaparecido da nossa vista.

— Não adianta irmos atrás deles — disse Holmes. — A sombra desapareceu e não voltará. Precisamos de ver que outras cartas temos na mão e jogá-las com firmeza. Você reconheceria o homem do carro?

— Reconheceria apenas a barba.

— Também eu, e provavelmente era falsa. Um homem inteligente, que está a tratar de assunto tão delicado, não precisa de barba, a não ser como disfarce. Vamos entrar aqui, Watson.

Entrou num escritório de mensageiros, onde foi recebido amavelmente pelo gerente.

— Ah, Wilson, vejo que não se esqueceu do caso no qual tive a felicidade de o ajudar?

— Não, senhor, claro que não. O senhor salvou-me a reputação e talvez a vida.

— Caro amigo, está a exagerar. Lembro-me, Wilson, de que entre os seus empregados há um rapazinho chamado Cartwright, que mostrou certa habilidade durante as investigações.

— Sim, senhor, ainda trabalha aqui.

— Pode chamá-lo? Obrigado! E gostaria que me trocasse esta nota de cinco libras.

Um rapaz de catorze anos, de rosto vivo, atendera à chamada do gerente. Ficou a olhar com ar reverente para o famoso detective.

— Deixe-me ver a lista dos hotéis — disse Holmes. — Obrigado! Agora, Cartwright, aqui estão os nomes de vinte e três hotéis, nas imediações de Charing Cross. Está a ver?

— Sim, senhor.

— Você vai visitá-los a todos.

— Sim, senhor.

— Em cada um, começará por dar um xelim ao porteiro. Aqui estão vinte e três xelins.

— Sim, senhor.

— Dir-lhes-á que deseja ver a cesta de papéis de ontem. Dirá que se perdeu um telegrama importante e que anda à procura dele. Compreende?

— Sim, senhor.

— Mas o que realmente vai procurar é a página central do *Times,* onde houver alguns recortes feitos à tesoura. Esta página aqui. Consegue reconhecê-la facilmente, não é verdade?

— Sim, senhor.

— Em todos os hotéis, o porteiro da entrada mandará chamar o porteiro do saguão, a quem também dará um xelim. Aqui estão mais vinte e três xelins. Com certeza ouvirá dizer vinte vezes, nessas vinte e três, que o lixo da véspera foi queimado ou deitado fora. Nos três outros casos, vão mostrar-lhe um monte de papéis e aí procurará essa página do *Times*. As probabilidades estão todas contra o acaso de encontrar qualquer coisa. Aqui tem dez xelins para casos de emergência. Mande-me a resposta por telegrama, para Baker Street, antes de anoitecer. E agora, Watson, só nos resta descobrir, por telegrama, a identidade do cocheiro do carro n.º 2704. Iremos depois às galerias de pintura de Bond Street e ainda chegaremos a tempo para o nosso almoço, no Northumberland.

CAPÍTULO

5

TRÊS FIOS PARTIDOS

Sherlock Holmes tinha o extraordinário dom de se abstrair de um facto, quando assim o desejasse. Durante duas horas, pareceu esquecer o estranho caso em que estávamos envolvidos e interessar-se exclusivamente pelos quadros dos modernos mestres flamengos. Só falou de arte, em relação à qual tinha as ideias mais cruas, desde que saímos da galeria até chegarmos ao hotel Northumberland.

— *Sir* Henry Baskerville está lá em cima, à sua espera — disse o empregado da recepção. — Pediu-me que os levasse lá, assim que chegassem.

— Dá licença que eu olhe para o registo do hotel?— perguntou Holmes.

— Oh, pois não, às ordens.

O livro contou-nos que dois nomes tinham sido registados após o de Baskerville. Um era: Theophilus Johnson e família, de Newcastle; o outro: senhora Oldmore e empregada, de High Lodge, Alton.

— Deve ser aquele Johnson que conheci — disse Holmes, ao empregado do hotel. — Um advogado, não é, de cabelos grisalhos, que coxeia um pouco?

— Não, senhor, este é o senhor Johnson, dono de uma mina de carvão, homem muito activo e que não deve ser mais velho do que o senhor.

— Não se terá enganado a respeito da sua ocupação?

— Não, senhor, ele é cliente deste hotel há anos e muito conhecido de todos nós.

— Ah, então, não insisto. Senhora Oldmore, também... Parece que o nome me é familiar. Desculpe a minha curiosidade, mas muitas vezes acontece que, ao visitar um amigo, a gente encontra outro.

— Ela é inválida, senhor. O marido foi, há tempos, prefeito de Gloucester. Ela procura-nos sempre, quando vem a Londres.

— Muito obrigado, não posso dizer que a conheça.

Virando-se para mim, quando nos dirigíamos para cima, Holmes disse, em voz baixa:

— Com estas perguntas, Watson, estabelecemos um facto importante. Sabemos agora que as pessoas que se mostram tão interessadas pelo nosso amigo não se encontram hospedadas neste hotel. Isto significa que, embora estejam ansiosas por segui-lo, como já verificámos, estão igualmente desejosas de não serem vistas. É muito sugestivo.

— O que é que sugere?

— Sugere... Olá, amigo, que houve?

Quando chegámos ao topo da escada, demos com *Sir* Henry Baskerville. Estava rubro de cólera e trazia na mão um sapato velho e empoeirado. Estava tão furioso que nem podia falar e, quando o fez, foi com sotaque americano, muito mais acentuado do que lhe tínhamos ouvido de manhã.

— Parece que estão a fazer de mim parvo, neste hotel — disse ele. — Verão que estão enganados a meu respeito, se não tiverem cuidado. Com os diabos, se aquele sujeito não conseguir encontrar o meu sapato, vai haver barulho. Sei aguentar uma brincadeira como qualquer outro, senhor Holmes, mas desta vez foram longe demais.

— Ainda à procura do sapato?

— Sim, senhor, e pretendo encontrá-lo.

— Creio ter-me dito que era um sapato pardo, novo?

— E de facto era. Mas agora é um sapato preto, velho.

— Quê?! Quer dizer...

— É exactamente o que quero dizer. Eu só tinha três pares: os de cor parda, novos; os pretos, já muito usados, e estes de cabedal, que trago agora. Ontem à noite, leva-ram-me um dos pardos, hoje, roubam-me um dos pretos.

Virou-se para um criado alemão, que surgiu naquele momento, e perguntou:

— Então, encontrou? Fale, homem, não fique para aí a olhar!

— Não, senhor. Perguntei a toda a gente no hotel, mas ninguém sabe de nada.

— Pois bem, ou esse sapato aparece antes do anoitecer, ou vou procurar o gerente para lhe dizer que saio imediata-mente deste hotel.

— Será encontrado, senhor; garanto-lhe que, se tiver um bocadinho de paciência, será encontrado.

— Faça com que seja, porque será a última coisa que perderei neste covil de ladrões. Bem, bem, senhor Holmes, desculpe-me incomodá-lo por uma coisa tão insignificante...

— Acho que vale a pena incomodar-se por isto.

— Oh, o senhor leva o caso a sério!

— Como é que explica uma coisa destas?

— Não procuro explicá-la. É a coisa mais louca, mais estranha que alguma vez me aconteceu.

— A mais estranha, talvez — disse Holmes, pensativo.

— Que opinião tem o senhor a respeito dela?

— Pois bem, não tenho a pretensão de saber. Este caso é muito complexo, *Sir* Henry. Considerado juntamente com a morte do seu tio, não sei se haverá, entre os quinhentos casos importantes que investiguei, um que me pareça tão profundo. Mas temos vários fios nas mãos e há probabilidades de que um, ao menos, nos leve à verdade. Podemos perder tempo a seguir o errado, mas cedo ou tarde chegaremos ao certo.

Tivemos um almoço agradável, no qual pouco falámos do assunto que ali nos reunira. Na saleta particular para onde depois nos retirámos, Holmes perguntou a Baskerville quais eram as suas intenções.

— Irei para a mansão dos Baskervilles.

— Quando?

— No fim da semana.

— Pensando bem, acho que é uma decisão acertada — disse Holmes. — Tenho a certeza de que está a ser seguido aqui em Londres e, no meio de milhões de pessoas, é difícil descobrir quem é essa gente e quais os seus planos. Se as suas intenções são más, podem prejudicá-lo, e não estaríamos em condições de protegê-lo. Não sabia, doutor Mortimer, que foram seguidos quando saíram de minha casa, hoje de manhã?

O doutor Mortimer teve um violento sobressalto.

— Seguidos? Por quem?

— Infelizmente não posso informá-lo. Há entre os seus conhecidos, em Dartmoor, algum homem que tenha barba negra e cerrada?

— Não. Ah, espere... Sim, Barrymore, o mordomo de *Sir* Charles, tem barba preta e cerrada.

— Ah! Onde está Barrymore?

— Está a tomar conta da mansão.

— É melhor que nos certifiquemos se realmente lá se encontra, ou se há a possibilidade de estar em Londres.

— Como é que podemos saber?

— Dê-me um impresso telegráfico. *Está tudo preparado para receber* Sir *Henry?* Creio que basta isto. Mande para o senhor Barrymore, mansão dos Baskervilles. Qual é o posto telegráfico mais próximo? Grimpen. Muito bem. Mandaremos outra mensagem para o agente do telégrafo de Grimpen. *O telegrama para o senhor Barrymore tem de ser entregue em mãos. Se ele não for encontrado, é favor devolver o telegrama para* Sir *Henry Baskerville, hotel Northumberland.* Com isto ficaremos a saber, antes de anoitecer, se Barrymore está no seu posto, em Devonshire, ou não.

— Isso mesmo — disse Baskerville. — Enquanto me lembro, doutor Mortimer, quem é esse Barrymore?

— É o filho do velho caseiro, já falecido. Há quatro gerações que a família trabalha para os Baskervilles. Pelo que me consta, ele e a mulher são de toda a confiança.

— Ao mesmo tempo, não há dúvida de que têm uma vida folgada, enquanto ninguém da família Baskerville mora lá.

— É verdade.

— Barrymore ganhou alguma coisa com a morte de *Sir* Charles?

— Ele e a mulher receberam quinhentas libras cada um.

— Ah! E sabiam desse legado?

— Sabiam. *Sir* Charles gostava muito de falar sobre as cláusulas do testamento.

— Muito interessante.

— Espero que não olhe com suspeita todas as pessoas que receberam um legado de *Sir* Charles — disse o doutor Mortimer. — Também eu recebi mil libras.

— Ah, sim! E mais alguém?

— Havia quantias insignificantes a várias pessoas e muitos donativos a instituições de caridade. O resto ficava para *Sir* Henry.

— E a quanto montava o resto?

— A setecentas e quarenta mil libras.

Holmes ergueu as sobrancelhas, admirado.

— Não imaginei que fosse uma quantia tão grande — disse ele.

— *Sir* Charles tinha fama de ser rico, mas nunca imaginámos que fosse tanto, até examinarmos os seus papéis. O total chegava quase a um milhão.

— Deus do céu! É realmente uma parada pela qual um homem faria um jogo desesperado. Mais uma pergunta, doutor Mortimer. Suponhamos que alguma coisa acontece aqui ao nosso amigo... (o senhor há-de desculpar-me a desagradável hipótese!)... quem herdaria?

— Já que Rodger Baskerville, o irmão mais novo de *Sir* Charles, morreu solteiro, a herança iria para os Desmonds, uns primos afastados. James Desmond é um clérigo idoso, de Westmorland.

— Obrigado. Esses pormenores são de grande interesse. Conhece o senhor James Desmond?

— Conheço; foi uma vez visitar *Sir* Charles. É um homem respeitável, que leva uma vida santa. Lembro-me de que recusou a oferta de *Sir* Charles, que queria fazer-lhe uma doação.

— E esse homem de gostos tão simples seria o herdeiro de tão grande fortuna?

— Seria o herdeiro da propriedade, que está vinculada. Herdaria também o dinheiro, a não ser que o proprietário actual fizesse testamento em contrário, como é de seu direito.

— E o senhor já fez testamento, *Sir* Henry?

— Não, senhor Holmes, não fiz. Não tive tempo, pois somente ontem fiquei conhecedor dos acontecimentos. De qualquer maneira, acho que o dinheiro deve ir para quem herdar a propriedade. Era esta a opinião do meu pobre tio. Como poderia o dono restaurar a grandeza da mansão dos Baskervilles, se não tivesse dinheiro nem mesmo para mantê-la? Casa, terra e dinheiro devem ficar juntos.

— Perfeitamente. Muito bem, *Sir* Henry. Estou de acordo com o senhor, quando diz que quer ir para Devonshire sem demora. Há apenas uma precaução que desejo tomar. O senhor não deve, de forma nenhuma, ir só.

— O doutor Mortimer vai comigo.

— Mas o doutor Mortimer tem a sua clientela e a casa dele fica a quilómetros de distância de Baskerville. Por maior que seja a sua boa vontade, talvez não possa ajudá-lo. Não, *Sir* Henry, o senhor precisa de levar alguém consigo, um homem de confiança que ficará sempre a seu lado.

— Seria possível vir o senhor, senhor Holmes?

— Se houvesse uma crise, eu iria pessoalmente; mas o senhor compreende que, com a minha vasta clientela e com as constantes chamadas que me chegam de todas as partes, me é impossível deixar Londres por tempo indeterminado. No momento actual, um dos nomes mais respeitados da Inglaterra está a ser enlameado por um chantagista e só eu poderei impedir um escândalo. O senhor bem vê que me é impossível ir agora a Baskerville.

— Quem é, então, que o senhor me recomenda?

Holmes pôs a mão no meu ombro.

— Se o meu amigo quisesse ir, não há melhor companheiro para se ter ao lado, numa aflição. Ninguém melhor do que eu pode afirmá-lo.

A proposta apanhou-me de surpresa, mas, antes que tivesse tempo de responder, Baskerville pegou-me na mão e sacudiu-a calorosamente.

— Oh, é muita gentileza sua, doutor Watson — disse ele. — O senhor sabe tanto do caso como eu. Se me acompanhar à mansão dos Baskervilles, jamais me esquecerei.

A expectativa da aventura sempre me fascinou e fiquei lisonjeado com as palavras de Holmes e o entusiasmo com que o baronete me aceitou por companheiro.

— Irei com prazer — respondi. — Não conheço melhor maneira de empregar o tempo.

— E depois mandar-me-á relatórios minuciosos — disse Holmes. — Quando chegar o momento de crise, dir-lhe-ei como agir. Espero que sábado já esteja tudo preparado!

— Assim convém-lhe, doutor Watson? — perguntou-me *Sir* Henry.

— Perfeitamente.

— Então sábado, a não ser que o avise do contrário, devemos encontrar-nos em Paddington, para apanharmos o comboio das dez e meia.

Tínhamo-nos levantado para partir, quando Baskerville soltou uma exclamação de triunfo. Avançando para um dos cantos do quarto, tirou de dentro do armário entreaberto um sapato pardo.

— O sapato perdido! — exclamou.

— Pudessem as nossas preocupações dissipar-se com igual facilidade! — disse Sherlock Holmes.

— É singular — observou o doutor Mortimer. — Antes do almoço, revistei cuidadosamente este quarto.

— E eu também — declarou Baskerville. — Palmo a palmo.

— Então o criado deve ter colocado o sapato aí, enquanto almoçávamos.

O alemão foi chamado, mas jurou não saber de que se tratava e, por mais que indagássemos, nada se conseguiu apurar. Outro caso foi acrescentado à série de mistérios, aparentemente sem sentido, que tão rapidamente se tinham sucedido. Pondo de lado a triste história da morte de *Sir* Charles, tínhamos uma linha de incidentes, no espaço de dois dias, que incluía o recebimento da carta, o espião de barba preta, a perda do sapato novo, o desaparecimento do sapato velho e agora a reaparição do sapato pardo. Ao voltarmos para Baker Street, Holmes ia em silêncio no carro e eu sabia, pelas sobrancelhas contraídas e pelo rosto sério, que a sua mente, assim como a minha, estava ocupada em desenhar um quadro, onde pudessem caber todos esses episódios estranhos e aparentemente desconexos. Ficou até tarde sentado, fumando, pensativo. Antes do jantar, chegaram dois telegramas. Dizia o primeiro:

Acabo de saber que Barrymore está na mansão — Baskerville.

O segundo:

Visitei vinte e três hotéis, mas lamento dizer que não consegui encontrar a página do Times *— Cartwright.*

— Assim se partem dois dos meus fios, Watson — disse Holmes. — Nada mais estimulante do que um caso onde tudo está contra. Temos de procurar outra pista.

— Resta o cocheiro que conduziu o espião — disse eu.

— Exactamente. Telegrafei para o registo oficial, à procura de saber o seu nome e endereço. Não ficaria admirado se fosse esta a resposta à minha pergunta.

O toque da campainha provou que se tratava de coisa ainda mais satisfatória do que uma resposta, pois a porta abriu-se e entrou um sujeito de aparência rude, que evidentemente era o próprio cocheiro.

— Recebi um recado da gerência, que um senhor nesta direcção andava a indagar sobre o 2704 — disse ele. — Guio o meu carro há sete anos e nunca houve queixa contra mim. Vim directamente da estação para cá, para lhe perguntar cara a cara o que tem contra mim.

— Nada tenho contra si, amigo — replicou Holmes. — Pelo contrário, tenho aqui meio soberano para lhe dar se me responder com franqueza.

— Então estou de sorte, hoje — retorquiu o homem com um sorriso. — O que é que o senhor deseja saber?

— Em primeiro lugar, o seu nome e direcção, caso venha de novo a precisar de si.

— John Clayton, Turpey Street, número três, em Borough — respondeu o homem. — O meu carro estaciona diante do Shipley's Yard, perto da estação de Waterloo.

Sherlock Holmes tomou nota.

— Agora, Clayton, fale-me do passageiro que veio espiar esta casa, hoje, às dez horas da manhã, e que depois seguiu os dois senhores que saíram daqui.

O homem pareceu surpreendido e um tanto embaraçado.

— Bom, não adianta fugir, porque o senhor parece saber tanto como eu. A verdade é que o homem disse-me que era detective e que eu não devia falar dele a ninguém.

— Meu amigo, este caso é muito sério e você pode ver-se em maus lençóis se tentar esconder de mim alguma coisa. Então o seu passageiro disse que era detective?

— Sim, senhor, disse.

— Quando foi isso?

— Quando me deixou.

— Disse mais alguma coisa?

— O seu nome.

Holmes olhou-me com expressão de triunfo.

— Oh, ele disse o nome? Que imprudência! Que nome disse ele?

— Disse chamar-se senhor Sherlock Holmes.

Nunca, em toda a vida, vi o meu amigo mais desconcertado do que naquele momento. Ficou sentado, em silêncio. Depois desatou a rir.

— Toque de mestre, Watson, toque de mestre! — disse Holmes. — Vejo um florete tão subtil e rápido como o meu. Ele levou a melhor sobre mim. Então, disse que se chamava Sherlock Holmes.

— Sim, senhor, é este o nome dele.

— Óptimo! Conte-me onde entrou e tudo o que aconteceu.

— Ele pegou-me às nove e meia, em Trafalgar Square. Disse que era detective e ofereceu-me dois guinéus, se eu o servisse o dia todo, sem fazer perguntas. Concordei, com prazer. Em primeiro lugar, fomos para o hotel Northumberland e ali esperámos até que saíssem dois senhores e apanhassem um carro em frente. Seguimos o carro, até parar aqui perto.

— Diante desta porta — disse Holmes.

— Bom, eu não podia ter a certeza, mas parece-me que o meu passageiro sabia o que estava a passar-se. Ficámos parados aqui perto e esperámos durante hora e meia. Depois, os dois senhores passaram por nós, a conversar, seguimo-los por Baker Street...

— Sei disso — interrompeu Holmes.

— ... até descermos três quarteirões de Regent Street. Aí o passageiro abriu a portinhola e gritou-me que fosse imediatamente para a estação de Waterloo, o mais depressa possível. Chicoteei a égua e lá chegámos em menos de dez minutos. Então pagou-me os dois guinéus e entrou na estação. Mas, antes, virou-se para mim e disse: «Talvez você tenha interesse em saber que, hoje, teve como passageiro Sherlock Holmes.»

— Muito bem. E não o viu mais?

— Não, não o vi mais, depois que entrou na estação.

— E como descreveria o senhor Sherlock Holmes?

O cocheiro coçou a cabeça.

— Bom, não é um cavalheiro muito fácil de se descrever. Parecia ter uns quarenta anos, altura mediana, três ou quatro centímetros mais baixo que o senhor. Estava muito bem vestido, tinha barba preta, cortada em quadrado, e rosto pálido. Não creio que possa dizer mais do que isto.

— A cor dos olhos?

— Não sei.

— Nada mais?

— Não, senhor; nada mais.

— Muito bem, aqui está meio soberano. Fica outro à sua espera, se me trouxer novas informações. Boa noite.

— Boa noite, senhor, e muito obrigado.

John Clayton saiu, todo satisfeito. Holmes voltou-se para mim com um encolher de ombros e um sorriso triste.

— Lá se vai o nosso terceiro fio e terminamos onde começámos — disse ele. — Sujeito esperto! Conhecia a nossa casa, sabia que *Sir* Henry Baskerville me consultara, reconheceu-me em Regent Street, calculou que eu anotaria o número do carro e falaria com o cocheiro, e mandou-me este audacioso recado. Garanto-lhe, Watson, que desta vez temos um adversário digno de nós. Fui derrotado em Londres. Só posso desejar ter melhor sorte em Devonshire. Mas não estou tranquilo no que se refere a *Sir* Henry.

— A respeito de quê?

— De o deixar ir, Watson. É um caso perigoso, muito perigoso e, quanto mais o examino, menos o aprecio. Sim, caro amigo, pode ir, mas dou-lhe a minha palavra de que ficarei muito satisfeito quando o vir de regresso a Baker Steet, são e salvo.

CAPÍTULO

6

A MANSÃO DOS BASKERVILLES

Sir Henry Baskerville e o doutor Mortimer estavam prontos no dia aprazado. Conforme tínhamos combinado, seguimos para Devonshire. Sherlock Holmes levou-me à estação e fez-me as suas últimas recomendações.

— Não quero deixá-lo de sobreaviso, sugerindo teorias ou suspeitas, Watson — disse ele. — Quero apenas que me faça o relatório dos factos, da maneira mais completa possível. Pode deixar as conclusões por minha conta.

— Que espécie de factos? — perguntei.

— Qualquer coisa que possa ter relação, embora indirecta, com o caso e, principalmente, as relações entre o jovem Baskerville e os seus vizinhos, ou qualquer novidade a respeito da morte de *Sir* Charles. Eu próprio investiguei nestes últimos dias, mas temo que os resultados tenham sido negativos. Apenas uma coisa parece certa e é isto: o senhor James Desmond, o próximo herdeiro, é um senhor de idade, muito afável, de modo que não pode ser o responsável por essa perseguição. Creio realmente que podemos eliminá-lo dos nossos cálculos. Restam as pessoas que vivem à volta da casa de *Sir* Henry, na charneca.

— Não seria preferível, em primeiro lugar, livrarmo-nos do casal Barrymore?

— Claro que não! Não poderia haver erro maior. Se eles estivessem inocentes, seria uma cruel injustiça e, se fossem culpados, estaríamos a perder a oportunidade de os desmascarar. Não, não, eles continuam na nossa lista de suspeitos. Há um moço de estrebaria na mansão, se bem me lembro. Há dois camponeses na charneca. Há o nosso amigo doutor Mortimer, em cuja honestidade acredito piamente, e há a sua mulher, de quem nada sabemos. Há o naturalista Stapleton e a irmã; esta, ao que dizem, é uma jovem atraente. Temos ainda o senhor Frankland, de Lafter Hall, que é também um factor desconhecido, e mais dois ou três vizinhos. Essas pessoas devem ficar sob a sua estrita observação.

— Farei o possível.

— Leva armas, não é verdade?

— Sim, achei que devia levá-las.

— Sem dúvida. Conserve o revólver a seu lado noite e dia e nunca se esqueça de tomar as devidas precauções.

Os nossos amigos já tinham reservado lugares num carro de primeira classe e esperavam-nos na plataforma.

— Não, não temos novidade nenhuma — disse o doutor Mortimer, em resposta à pergunta de Holmes. — Mas posso jurar que não fomos seguidos nestes dois dias. Estivemos sempre de olho aberto e pessoa alguma nos teria escapado.

— Suponho que tenham andado sempre juntos?

— Excepto ontem à tarde. Em geral, reservo um dia só para divertimentos, quando venho à cidade, de modo que passei a tarde no museu do Colégio dos Cirurgiões.

— E eu fui ver o povo, no parque — disse Baskerville. — Mas não tivemos aborrecimento de espécie alguma.

— De qualquer maneira, foi imprudência — observou Holmes, sacudindo a cabeça com ar grave. — Suplico-lhe, *Sir* Henry, que não saia só. Uma grande desgraça o atingirá, se não for prudente. Conseguiu descobrir o outro sapato?

— Não, senhor. Está irremediavelmente perdido.

— Interessante. Então, adeus — disse Holmes, quando o comboio começou a deslizar ao longo da plataforma. — Lembre-se de uma das frases da velha lenda que nos leu o doutor Mortimer e evite atravessar a charneca, naquelas sombrias horas em que os poderes do mal estão exaltados.

Segundos depois, olhei para a plataforma, já muito longe, e ainda vi o vulto alto e austero de Holmes, de pé, olhando para nós.

A viagem foi rápida e agradável. Procurei travar conhecimento mais íntimo com os meus dois companheiros e brinquei um pouco com o cão do doutor Mortimer. Dentro de poucas horas, a terra parda tinha-se tornado vermelha, o tijolo fora substituído por granito e as vacas avermelhadas pastavam em campos cercados por sebes altas, onde a relva verde e a vegetação luxuriante falavam de um clima mais rico, embora mais húmido. O jovem Baskerville olhou avidamente pela janela e deixou escapar exclamações de satisfação, quando reconheceu os traços familiares do cenário de Devonshire.

— Tenho viajado pelo mundo desde que saí daqui, doutor Watson — disse ele. — Mas nunca encontrei lugar que a este se comparasse.

— Nunca vi um natural de Devonshire que não jurasse pelo seu condado — observei.

— Depende da raça dos homens, tanto como da região — replicou o doutor Mortimer. — Um olhar aqui ao nosso amigo revela-me a cabeça redonda dos Celtas, que encerra o entusiasmo e o dom de fidelidade desse povo. Mas o senhor saiu de Baskerville muito novo, não foi?

— Sim, é verdade, por ocasião da morte do meu pai e, mesmo assim, nunca tinha visto a mansão, pois morávamos num chalé, na costa sul. Depois disso fui directamente para a América, para casa de um amigo. Para mim, a mansão é uma novidade tão grande como para o doutor Watson e estou curioso por ver a charneca.

— Está mesmo? Então, é desejo fácil de ser satisfeito; ei-la que surge — disse o doutor Mortimer, apontando para fora do vagão.

Acima dos quadrados verdes dos campos e da pequena elevação de vegetação, erguia-se, a alguma distância, uma colina cinzenta e melancólica, de topo estranhamente recortado, impreciso, como a paisagem de um sonho. Baskerville ficou durante muito tempo em contemplação e vi, no seu rosto, quanto significava para ele aquele estranho lugar, onde os homens do seu sangue se tinham agitado durante tanto tempo, deixando tão profundas marcas. Ficou ali sentado, com o seu fato de *tweed* e o seu sotaque americano, no canto do prosaico vagão. Apesar disto, ao olhar para o rosto escuro e expressivo, eu sentia cada vez mais que era um verdadeiro descendente daquela longa linhagem de homens impetuosos, ardentes e dominadores. Havia orgulho, bravura e força nas espessas sobrancelhas, nas narinas sensíveis e nos grandes olhos castanhos. Se naquela charneca assustadora nos esperasse algum perigo, pelo menos aqui estava um camarada com quem nos aventuraríamos a correr um risco, na certeza de que dele compartilharia com bravura.

O comboio parou numa estação pequena. Descemos. Do lado de fora, além da cerca baixa e branca, esperava-

-nos um carro como uma parelha. A nossa chegada era sem dúvida um acontecimento, pois o chefe da estação e os carregadores cercaram-nos para nos levarem a bagagem. Era um lugarzinho simples e tranquilo, mas fiquei admirado por ver, perto do portão, dois homens de uniforme escuro, apoiados a carabinas curtas, que nos olharam atentamente quando passámos. O cocheiro, um sujeito sisudo, de rosto duro, saudou *Sir* Henry e, dali a pouco, seguíamos velozmente pela larga estrada branca. Víamos os pastos, de cada lado, e velhas casas com empenas altas espiavam-nos do meio da folhagem, mas, por detrás da paisagem pacífica e soalheira, divisava-se a curva sombria e ameaçadora da charneca, quebrada pelo sinistro recorte das colinas.

O carro entrou numa estrada lateral e subimos por azinhagas calcadas pelo atrito de milhares de rodas, vendo-se, de cada lado, elevações cobertas de musgo húmido. Fetos dourados e sarças espalhadas brilhavam aos últimos raios de sol. Subindo ainda, passámos por uma ponte de granito e contornámos um riacho barulhento, que descia rápido e cheio de espuma no meio de seixos acinzentados. Tanto a estrada como o riacho enveredavam por um vale cheio de abetos e carvalhos enfezados.

A cada curva do caminho, Baskerville soltava uma exclamação de prazer, olhando avidamente à volta e fazendo inúmeras perguntas. Aos seus olhos, tudo parecia belo, mas, para mim, havia um toque de melancolia na paisagem, que tinha a marca do ano que findava. Folhas amarelas atapetavam as veredas, esvoaçando quando passávamos. O ruído das rodas morreu, quando entrámos em percursos cobertos de vegetação apodrecida — triste dádiva, ao que me pareceu, que a natureza atirava diante do carro do herdeiro de Baskerville, na ocasião do seu regresso.

— Olá! — exclamou o doutor Mortimer. — Que é isto?

Uma elevação de terra, coberta de urze, surgiu um pouco adiante de nós. No topo, duro e nítido como estátua equestre no seu pedestal, vimos, a cavalo, um soldado escuro e de ar severo, com a espingarda apoiada no antebraço. Estava de guarda à estrada por onde viajávamos.

— Que é isto, Perkins? — perguntou o doutor Mortimer.

O cocheiro virou-se a meio para nós.

— Fugiu um condenado de Princetown, senhor. Há três dias que está fugido. Os guardas vigiam todas as estradas e todas as estações, mas o homem ainda não foi visto, nem ao longe. Os camponeses daqui não estão a gostar nada disso.

— Ouvi dizer que ganham cinco libras, se derem alguma informação.

— Sim, senhor, mas a perspectiva das cinco libras é coisa pouca, comparada com o perigo de se ter a garganta cortada. Este sentenciado é diferente dos outros. É homem que não vacila perante coisa alguma.

— Quem é?

— Selden, o assassino de Notting Hill.

Lembrava-me muito bem do caso, pois era um dos que tinham despertado o interesse de Holmes, por causa da ferocidade do crime e da brutalidade que caracterizara todos os actos do assassino. A comutação da pena de morte dera-se por causa de certas dúvidas quanto à sua sanidade mental — tão atroz fora a sua conduta. O nosso carro subira uma elevação e diante de nós estendia-se a charneca, com os seus amontoados de pedras fantásticas. Um vento frio vinha de lá, fazendo-nos estremecer. Em algum sítio daquela planície desolada estava o monstro, escondido numa toca como um animal selvagem, o coração cheio de veneno contra a humanidade que decretara a sua segregação. Só faltava isto, para completar esse quadro sombrio e estéril. Até Baskerville ficou em silêncio, apertando mais o sobretudo à volta do corpo.

Tínhamos deixado para trás as terras férteis. Olhámos por cima do ombro e vimos os raios enviesados do sol poente, a transformar os riachos em correntes de ouro e a brilhar na terra vermelha, revolvida pelo arado. A estrada à nossa frente tornava-se mais sombria e mais selvagem, acima de rampas vermelhas e cor de azeitona, salpicadas de enormes seixos.

De vez em quando, passávamos por uma casa de campo toda de pedra, sem nenhuma folhagem ou trepadeira a alegrar-lhe a fachada. De repente, vimos uma depressão do terreno, em forma de taça, salpicada de abetos e pequenos carvalhos quebrados e retorcidos pela fúria de muitos anos. Duas torres altas e estreitas erguiam-se acima das árvores. O cocheiro apontou com o chicote.

— A mansão dos Baskervilles — disse ele.

O dono da mansão erguera-se e olhava para a casa com olhos brilhantes e faces coradas. Minutos depois, chegávamos aos portões de entrada, de ferro forjado com um desenho fantástico, com pilares de cada lado, envelhecidos, cobertos de líquen e encimados por cabeças de javali, símbolo da família Baskerville. A portaria era uma ruína de granito negro, com vigas à mostra, mas em frente havia um novo edifício, inacabado, o primeiro fruto do ouro africano de *Sir* Charles.

Atravessámos os portões e entrámos na avenida, onde o ruído das rodas foi de novo amortecido pelas folhas; as velhas árvores formavam, com os seus galhos, um túnel sombrio sobre as nossas cabeças. Baskerville estremeceu quando olhou para a casa que brilhava como um fantasma, ao fundo da avenida longa e negra.

— Foi aqui? — perguntou em voz baixa.

— Não, senhor. A alameda dos teixos fica do outro lado.

O jovem herdeiro olhou à volta, com rosto sombrio.

— Não é de admirar que o meu tio achasse que ia acontecer-lhe algo de mal num lugar como este — disse ele. — Chega para assustar qualquer pessoa. Farei com que instalem uma fileira de lâmpadas eléctricas aqui, dentro de seis meses, e ninguém reconhecerá a alameda com lâmpadas de mil velas Swan e Edison diante da porta de entrada.

A avenida alargava-se numa extensão de turfa e a casa estava agora diante de nós. À luz crepuscular, vi que o centro era um bloco pesado, de onde se projectava um pórtico. Toda a frente era coberta de hera, com manchas claras aqui e acolá, nos pontos onde uma janela ou brasão quebravam o véu escuro. Neste bloco central erguiam-se duas torres gémeas, antigas, com ameias e seteiras. À direita e à esquerda das torres havia alas mais modernas, de granito negro. Uma luz apagada brilhava através de janelas fortemente gradeadas e, da alta chaminé que saía do telhado inclinado, subia uma coluna de fumo.

— Seja bem-vindo, *Sir* Henry! Bem-vindo à mansão dos Baskervilles!

Um homem alto saíra das sombras do pórtico para abrir a porta do carro. Um vulto de mulher desenhava-se contra a luz amarela do saguão. Ela aproximou-se e ajudou o homem a pegar nas nossas malas.

— Não se importa que eu vá directamente para casa, *Sir* Henry? — perguntou o doutor Mortimer. — A minha mulher está à minha espera.

— Mas, naturalmente, o senhor vai ficar para jantar?

— Não; preciso de ir. Com certeza encontrarei trabalho à minha espera. Gostaria de ficar para lhe mostrar a casa, mas Barrymore é melhor guia do que eu. Até logo e, se precisar de mim, não hesite em mandar chamar-me, a qualquer hora do dia ou da noite.

O ruído da carruagem foi morrendo na avenida, enquanto *Sir* Henry e eu entrávamos no saguão, fechando-se a porta atrás de nós, pesadamente. Vimo-nos numa sala bonita, espaçosa, de pé-direito alto, com grandes vigas de carvalho enegrecidas pelo tempo. Na lareira grande e antiga, as achas de lenha crepitavam. *Sir* Henry e eu ali procurámos aquecer as mãos, pois estávamos enregelados após a longa viagem. Depois, olhámos à volta, vimos a janela alta e estreita de vidro colorido, o lambrim de carvalho, as cabeças de veado, as armaduras nas paredes, tudo apagado e sombrio, à luz fraca do candeeiro central.

— Exactamente como eu imaginava — disse *Sir* Henry. — Não é mesmo o lar típico de uma família antiga? Pensar que esta sala é a mesma onde, durante quinhentos anos, viveu a minha gente! Fico todo compenetrado, só de pensar nisto.

Vi o seu rosto escuro iluminar-se com entusiasmo juvenil, enquanto ele olhava ao redor. A luz batia-lhe em cima, mas as longas sombras que manchavam as paredes pareciam um negro dossel à sua volta. Barrymore fora levar as nossas malas aos quartos e voltara. Estava diante de nós, com o ar respeitoso de um criado bem treinado. Era um sujeito de aparência extraordinária, alto, bonito, com uma barba preta quadrada e feições pálidas e distintas.

— Quer que o jantar seja servido imediatamente, senhor?

— Está pronto?

— Dentro de alguns minutos. Os senhores encontrarão água quente nos quartos. A minha mulher e eu, *Sir* Henry, teremos muito prazer em ficar com o senhor até que tenha organizado o serviço, mas verá que, com as novas condições, a casa precisará de um grande número de empregados.

— Que novas condições?

— Quero dizer, senhor, que *Sir* Charles levava uma vida muito retirada e que nós os dois dávamos conta de tudo. O senhor, naturalmente, há-de querer companhia e precisará de modificar o serviço.

— Quer dizer que você e a sua mulher pretendem sair?

— Somente quando for da sua conveniência, senhor.

— Mas a sua família está connosco há várias gerações, não está? Eu teria muita pena de começar a minha vida aqui quebrando uma velha tradição.

Creio ter distinguido sinais de emoção no rosto pálido do mordomo.

— Também penso assim, senhor, e o mesmo se passa com a minha mulher. Mas, para dizer a verdade, éramos muito dedicados a *Sir* Charles; a sua morte causou-nos um choque e fez com que este local se tornasse penoso para nós. Creio que nunca mais teremos tranquilidade em Baskerville.

— Mas, que pretende fazer?

— Pensamos em estabelecer-nos com qualquer negócio. A generosidade de *Sir* Charles dá-nos essa oportunidade. E agora, senhor, talvez seja melhor que os acompanhe aos quartos.

Uma galeria quadrada corria por cima do átrio, à qual se tinha acesso por duas escadas. Daquele ponto central, dois grandes corredores alongavam-se por toda a extensão do edifício, e para eles davam todos os quartos. Estes pareciam muito mais modernos do que a parte central da casa e o papel vivo e os numerosos candelabros conseguiram afastar a sombria impressão que eu tivera ao chegar.

A sala de jantar, que dava para o saguão, era contudo um lugar de sombras e melancolia. Era longa, com um degrau separando a parte mais alta, onde a família se sentava, da parte mais baixa, reservada aos seus dependentes. Numa das extremidades, havia uma galeria para os músicos. Sobre as nossas cabeças, vigas negras, um tecto enegrecido pelo fumo. Com uma fileira de tochas a arderem a iluminá-lo, com o colorido da rude hilaridade dos banquetes antigos, poderia parecer mais acolhedora; mas agora, com dois cavalheiros de preto ali sentados no pequeno círculo de luz feito pela lâmpada velada, era deprimente; a nossa voz baixava instintivamente e sentíamo-nos de ânimo subjugado. Uma galeria de antepassados, em grande variedade de trajes, desde o cavalheiro isabelino até ao peralvilho da Regência, fitavam-nos e intimidavam-nos com a sua silenciosa companhia. Falámos pouco e eu, pelo menos, fiquei satisfeito quando a refeição terminou e pudemos ir para o bilhar moderno, a fim de fumar um cigarro.

— Palavra que não é um lugar muito alegre — disse *Sir* Henry. — Com certeza a gente há-de acabar por se habituar, mas, no momento presente, sinto-me desnorteado. Não me admiro que o meu tio ficasse um pouco assustado, vivendo sozinho numa casa como esta. Em todo o caso, se lhe convier, podemos retirar-nos cedo, hoje à noite; talvez amanhã tudo pareça mais alegre.

Antes de me deitar afastei as cortinas da janela e olhei para fora. A janela abria-se sobre o relvado que ficava diante da porta de entrada. Mais adiante, vi dois grupos de árvores, que gemiam e baloiçavam ao vento que começara a soprar. A meia-lua surgiu por entre nuvens velozes. À luz fria, vi para além das árvores uma franja irregular de rochas e a curva longa e baixa da charneca melancólica. Fechei a cortina, sentindo que a minha última impressão estava de acordo com o resto.

Não seria porém a última. Estava cansado, mas, apesar disso, continuava desperto, revirando-me na cama, em busca de um sono que não vinha. Ao longe, um relógio bateu o quarto de alguma hora, mas, a não ser por isto, reinava absoluto silêncio na casa. De repente, no meio da noite, chegou aos meus ouvidos um som claro, ressoante e inconfundível. Era um soluço de mulher; um som abafado, engasgado, de quem é presa de invencível emoção. Sentei-me na cama e fiquei atentamente à escuta. O barulho não podia vir de muito longe, não havia dúvida de que era ali em casa. Esperei durante meia hora, com todos os nervos alerta, mas não ouvi nada, a não ser o ruído do relógio e o raspar da hera na parede.

CAPÍTULO

7

OS STAPLETON DA CASA MERRIPIT

A bela frescura da manhã seguinte conseguiu apagar a sombria impressão que tivéramos na véspera. Sentados à mesa do café, *Sir* Henry e eu vimos o sol penetrar pelas janelas fortemente gradeadas. O lambrim escuro brilhava como bronze aos raios dourados, e era difícil admitir que estávamos na mesma sala que, na noite anterior, nos tornara tão melancólicos.

— Creio que a culpa é nossa e não da casa — disse o baronete. — Estávamos cansados e com frio, por causa da viagem, de modo que vimos tudo sob um prisma acinzentado. Agora estamos descansados, por isso tudo parece alegre, outra vez.

— E, no entanto, não era só questão de imaginação — disse eu. — Não ouviu alguém, uma mulher, creio, soluçar a meio da noite?

— É curioso, pois quando estava meio adormecido, tive a impressão de ouvir qualquer coisa assim. Esperei durante muito tempo, mas o ruído não se repetiu, de modo que pensei que tivesse sonhado.

— Pois eu ouvi distintamente e tenho a certeza de que eram soluços de mulher.

— Precisamos de indagar imediatamente.

Tocou a campainha e perguntou a Barrymore se podia dar uma explicação. Pareceu-me que as feições pálidas do mordomo se tornaram ainda mais pálidas, ao ouvir a pergunta do patrão.

— Só há duas mulheres nesta casa, *Sir* Henry — disse ele. — Uma é a criada, que dorme na outra ala. A outra é a minha mulher, e posso garantir que não foi ela.

E, no entanto, era mentira, pois aconteceu que, depois do café, encontrei a senhora Barrymore no corredor, com o sol a bater-lhe em cheio no rosto. Era uma mulher grande, imponente, de feições pesadas e boca firme, dura. Mas os olhos reveladores estavam vermelhos e olharam-me de relance por entre as pálpebras inchadas. Fora então ela que chorara a meio da noite, e o marido devia sabê-lo. Apesar de tudo, o mordomo arriscara-se a ser desmentido, ao dizer que não fora ela. Porque agira assim? E porque chorara a mulher tão amargamente? À volta daquele homem pálido, bonito, de barba preta, havia já uma atmosfera de mistério e de tristeza. Fora ele quem descobrira o corpo de *Sir* Charles e dependíamos da sua palavra, ao acreditar na descrição da morte do velho. Seria possível que Barrymore fosse o homem que víramos no carro, em Regent Street? A barba podia ser a mesma. O cocheiro descrevera um homem mais baixo, mas essa impressão podia ser errónea. Como poderia eu esclarecer de uma vez esse ponto? Evidentemente, a primeira coisa a fazer seria procurar o agente do telégrafo, em Grimpen, e indagar se o telegrama fora realmente entregue ao próprio Barrymore. Fosse qual fosse a resposta, pelo menos teria alguma coisa para contar a Sherlock Holmes.

Sir Henry tinha inúmeros documentos para examinar, de modo que a ocasião era propícia à minha excursão. Foi uma agradável caminhada de seis quilómetros, ao longo da sebe que nos separava da charneca. Cheguei a um lugarejo onde sobressaíam dois prédios maiores, sendo um a estalagem e o outro a casa do doutor Mortimer. O homem do telégrafo, que era também o vendeiro da vila, lembrava-se perfeitamente do telegrama.

— Certamente, senhor, fiz com que o telegrama fosse entregue ao senhor Barrymore, exactamente como fora determinado.

— Quem o entregou?

— Este meu filho. James, tu é que entregaste o telegrama ao senhor Barrymore, em Baskerville, na semana passada, não foste?

— Sim, pai, fui eu.

— Entregaste-o ao próprio?

— Bom, ele estava no sótão, na ocasião, de modo que não pude entregar-lhe o telegrama pessoalmente, mas dei-o à senhora Barrymore e ela prometeu que seria entregue imediatamente.

— Viste o senhor Barrymore?

— Não, senhor, ele estava no sótão.

— Bom, a mulher devia saber onde ele estava — disse o agente do telégrafo, com impertinência. — Ele não recebeu o telegrama? Se houve engano, compete ao senhor Barrymore reclamar.

Parecia inútil continuar, mas era evidente que, apesar da esperteza de Holmes, não tínhamos provas de que Barrymore não tivesse ido a Londres naquela ocasião. Suponhamos, suponhamos que o homem que fora o último a ver *Sir* Charles vivo fosse o mesmo a seguir o novo herdeiro, quando este chegara a Inglaterra. E então? Seria ele agente de outros, ou teria algum plano sinistro, inteiramente seu? Que interesse tinha em perseguir a família Baskerville? Lembrei-me do estranho aviso, feito com recortes do *Times*. Seria trabalho seu, ou de alguém que pretendia anular-lhe os planos? O único motivo concebível era o sugerido por *Sir* Henry, isto é, se os donos ficassem afastados da mansão, o casal Barrymore teria vida folgada e confortável. Mas esse motivo seria absurdo para explicar o plano profundo e subtil, que parecia tecer uma rede invisível à volta do baronete. O próprio Holmes dissera que não conhecera caso mais complexo, na longa série de sensacionais investigações a que se dedicara. Ao voltar para casa, pela estrada longa e cinzenta, rezei para que o meu amigo depressa se visse livre das preocupações e pudesse aliviar-me do fardo que me pesava sobre os ombros.

De repente, os meus pensamentos foram interrompidos pelo som de pés que corriam atrás de mim e por uma voz que chamava pelo meu nome. Virei-me, à espera de ver o doutor Mortimer, mas percebi, com surpresa, que se tratava de um estranho. Era um homem baixo, magro, afectado, de rosto barbeado, aparentando ter entre os trinta e quarenta anos de idade, vestindo um fato pardo e com chapéu de palha. Trazia ao ombro uma caixa de estanho para carregar espécimes de botânica e nas mãos uma rede de caçar borboletas.

— Espero que me desculpe a presunção, doutor Watson — disse ele. — Aqui na charneca somos pessoas simples e não esperamos por apresentações formais. Talvez o senhor tenha ouvido o meu nome, dos lábios do nosso amigo comum, Mortimer. Sou Stapleton, da casa Merripit.

— A rede e a caixa ter-me-iam dito o mesmo — repliquei, pois sabia que o senhor Stapleton era naturalista. Mas como é que me conheceu?

— Fui visitar Mortimer e ele mostrou-me o senhor, quando passava pela janela do consultório. Como o nosso caminho é o mesmo, achei que poderia alcançá-lo e apresentar-me. Espero que *Sir* Henry não se tenha cansado muito na viagem.

— Vai muito bem, obrigado.

— Estávamos com medo, após a trágica morte de *Sir* Charles, de que o novo baronete se recusasse a vir viver para aqui. É exigir muito de um homem rico, que venha enterrar-se num lugar como este, mas não preciso de lhe dizer quanto significa para o povo daqui. Espero que *Sir* Henry não seja supersticioso.

— Não acho provável.

— Naturalmente o senhor conhece a lenda do cão feroz que persegue a família?

— Sim, já me foi contada.

— É extraordinário como os camponeses daqui são crédulos! Qualquer deles é capaz de jurar que já viu tal criatura no campo. — O homem falava com um sorriso, mas percebi pelos seus olhos que levava o caso mais a sério. — A história causou grande impressão sobre *Sir* Charles e não duvido que o tenha levado àquela trágica morte.

— Mas como?

— Os nervos dele estavam tão abalados que o aparecimento de qualquer cão poderia ter efeito fatal sobre o seu coração. Creio que viu realmente qualquer coisa nesse género, na sua última noite na alameda dos teixos. Eu tinha medo que lhe acontecesse alguma desgraça, pois gostava muito do velho e sabia que tinha um problema cardíaco.

— Como soube disso?

— Pelo meu amigo Mortimer.

— Acha, então, que qualquer cão perseguiu *Sir* Charles e que ele morreu de medo?

— O senhor tem alguma explicação melhor?

— Ainda não cheguei a conclusão alguma.

— E Sherlock Holmes?

Estas palavras deixaram-me sem fala durante alguns instantes, mas um olhar ao rosto pálido e aos olhos firmes do meu companheiro provaram-me que não tivera intenção de me surpreender.

— É inútil fingirmos que não o conhecemos, doutor Watson — disse ele. — As histórias sobre o seu amigo detective chegaram até nós e o senhor não poderia torná-lo célebre sem ficar também conhecido. Quando me disse o seu nome, Mortimer não pôde negar a sua identidade. Já que o senhor se encontra aqui, então quer dizer que Sherlock Holmes se interessa pelo caso e estou, naturalmente, curioso por saber qual é o seu ponto de vista.

— Infelizmente, não sei responder a esta pergunta.

— Posso indagar se ele nos honrará com uma visita?

— De momento, não pode sair de Londres. Está a tratar de outros casos.

— Que pena! Talvez pudesse lançar uma luz no caso, que é tão escuro para nós. Quanto às suas investigações, doutor Watson, se eu puder servi-lo em alguma coisa, estou à sua disposição. Se eu soubesse qual a natureza das suas suspeitas, ou de que maneira pretende investigar o assunto, talvez pudesse dar-lhe ajuda ou conselho.

— Asseguro-lhe que estou aqui apenas em visita a *Sir* Henry e que não preciso de auxílio de espécie alguma.

— Óptimo! — exclamou Stapleton. — Tem todo o direito de ser cauteloso e discreto. Sinto-me justamente censurado pelo que considero uma injustificável intromissão, e prometo que não falarei mais no assunto.

Tínhamos chegado ao ponto onde um estreito caminho de relva saía da estrada e enveredava pela charneca. À direita havia uma elevação íngreme, salpicado de seixos, que antes fora uma pedreira. À frente, virada para nós, estava uma rocha escura, com fetos e sarças a crescerem nos seus nichos. De um ponto alto, ao longe, erguia-se uma coluna de fumo.

— Uma caminhada regular, por esta vereda, leva-nos a Merripit — disse ele. — Talvez o senhor possa dispor de uma hora; terei então o prazer de apresentá-lo à minha irmã.

O meu primeiro pensamento foi que devia manter-me ao lado de *Sir* Henry. Mas lembrei-me da quantidade de documentos e papéis que cobriam a sua escrivaninha. Sabia que, neste ponto, não poderia ajudá-lo. E Holmes recomendara-me expressamente que observasse os moradores da charneca. Aceitei o convite de Stapleton e seguimos pela vereda.

— É um lugar maravilhoso, a charneca — disse ele, olhando para os morros ondulados, grandes rolos verdes, com cristas de granito recortado em curvas fantásticas. — Nós nunca nos cansamos dela — continuou. — Não se podem imaginar os maravilhosos segredos que encerra. É tão vasta, tão deserta, tão misteriosa!

— Conhece-a bem, então? — perguntei.

— Estou aqui há apenas dois anos. Os moradores com certeza que me consideram recém-chegado. Viemos a seguir a *Sir* Charles se ter instalado. Mas o interesse pela botânica levou-me a explorar cada recanto da região e creio que poucos homens conhecem a charneca como eu.

— É assim tão difícil de se conhecer?

— Muito difícil. O senhor vê, por exemplo, aquela grande planície, ali ao norte, com os estranhos morros que surgem de repente. Nota alguma coisa de extraordinário?

— Seria um óptimo lugar para se galopar.

— É natural que assim pense e isso já custou a vida a muita gente. Vê aqueles brilhantes pontinhos verdes, espalhados por todos os lados?

— Vejo. Parecem muito férteis.

Stapleton riu.

— Aquilo é o grande atoleiro de Grimpen — disse ele. — Um passo em falso, ali, significa morte para homem ou animal. Ontem mesmo, vi um dos potrinhos do brejo cair ali. Nunca mais saiu. Vi-lhe a cabeça durante muito tempo, a sair da lama, mas também foi finalmente sugada. Mesmo durante a seca, é perigoso passar por ali; mas depois destas chuvas de Outono, é um lugar terrível. Apesar disto, sou capaz de ir até ao coração da charneca e voltar são e salvo! Por Deus, lá está outro daqueles pobres potros!

Qualquer coisa parda se debatia no meio das juncas verdes. Vi um pescoço comprido a torcer-se desesperadamente; um grito pavoroso ecoou na planície. Fiquei horrorizado, mas os nervos do meu companheiro pareciam mais fortes do que os meus.

— Desapareceu! — disse ele. — A lama tragou-o. De dois em dois dias... e mais, talvez, pois eles têm o hábito de lá ir na seca e nada percebem até se afundarem. É um lugar perigoso, o grande atoleiro de Grimpen.

— E o senhor diz que pode penetrar ali?

— Sim, há dois ou três caminhos por onde um homem muito ágil pode passar. Fui eu que os descobri.

— Mas porque desejou entrar em lugar tão horrendo?

— Está a ver aqueles morros, lá longe? São, na realidade, ilhas das quais ficamos isolados pelo impraticável atoleiro, que se insinuou à volta delas com o correr dos anos. É lá que estão as plantas e as borboletas, se a gente tem a habilidade de as encontrar.

— Um dia destes vou experimentar.

O homem olhou-me, admirado.

— Pelo amor de Deus, tire essa ideia da cabeça — disse ele. — A responsabilidade da sua morte pesaria sobre mim. Asseguro-lhe que não teria a mínima probabilidade de sair com vida. Só pelo facto de me lembrar de certos marcos complexos é que consigo orientar-me.

— Ouça! — exclamei. — O que é isto?

Um gemido longo, incrivelmente triste, ecoou por toda a planície. Encheu o ar e, no entanto, não se podia dizer de onde vinha. De um murmúrio surdo, transformou-se em profundo rugido e voltou a ser de novo um soluçante murmúrio. Stapleton olhou-me com curiosa expressão.

— É um lugar estranho, a charneca — disse ele.

— Mas o que foi aquilo?

— Os camponeses dizem que é o Cão de Baskerville, a chamar pela sua presa. Já ouvi isto uma ou duas vezes, mas nunca assim tão alto.

Olhei à volta, com um frio no coração, e vi a imensa planície, com as suas manchas de caniços verdes. Nada se movia naquela grande extensão, a não ser um par de corvos, grasnando num outeiro atrás de nós.

— O senhor é um homem educado. Não acredita em tamanha tolice, pois não? — disse eu. — Qual a causa, na sua opinião, de um som tão esquisito?

— Os charcos têm às vezes estranhos ruídos. A lama ao assentar, ou a água a jorrar, ou qualquer outra coisa.

— Não, não; o que ouvimos foi a voz de um ser vivo.

— Pois bem, talvez seja. Já ouviu o barulho que faz o alcaravão?

— Não, nunca.

— É um pássaro raro, quase extinto agora em Inglaterra, mas tudo pode acontecer na charneca. Não ficaria admirado de saber que o que acabamos de ouvir foi o grito do último dos alcaravões.

— É a coisa mais espantosa, mais horrível que alguma vez ouvi na minha vida.

— De facto, é um lugar misterioso, sobrenatural. Olhe a encosta daquele morro, lá adiante. Que me diz?

A encosta íngreme estava coberta por círculos de pedra cinzenta.

— Que é aquilo? — perguntei. — São redis?

— Não; simplesmente as moradias dos nossos dignos antepassados. O homem pré-histórico vivia na charneca e, como ninguém morou lá desde então, encontramos os seus apetrechos exactamente como foram deixados. Aquelas são as suas casotas, sem os telhados. Poderá ver o fogão e o lugar onde dormiam, se se der ao trabalho de ir até lá.

— Mas é uma cidade! Quando é que foi habitada?

— Homem neolítico. Não há data.

— Que fazia ele?

— Levava o gado a pastar nestas encostas e aprendeu a cavar estanho, quando a espada de bronze começou a sobrepor-se ao machado de pedra. Olhe para aquele fosso, no lado oposto. É a sua marca. Sim, o senhor encontrará muita coisa singular na charneca, doutor Watson. Oh, desculpe-me um instante. Não há dúvida de que é uma *cyclopides*.

Uma pequena mosca ou mariposa esvoaçou à nossa frente e imediatamente, com extraordinária energia, Stapleton correu atrás dela. Vi, com consternação, o bichinho dirigir-se para o grande atoleiro, mas o meu companheiro não vacilou nem por um instante, pulou de uma pequena moita para a outra, sacudindo no ar a sua rede. As suas roupas cinzentas e os movimentos bruscos, irregulares, em ziguezague, faziam com que também ele parecesse uma mariposa. Estava a observar a perseguição, com um misto de admiração pela sua extraordinária agilidade e medo de vê-lo cair no traiçoeiro atoleiro, quando ouvi o som de passos. Ao virar-me, reparei numa mulher perto da estrada. Ela viera da direcção onde eu vira o fumo que indicava a casa Merripit, mas a curva da charneca escondera-a, até chegar muito perto.

Não duvidei de que se tratasse da menina Stapleton, de quem me tinham falado, já que devia haver poucas senhoras na planície, e lembrei-me de que a tinham descrito como sendo uma beleza. A mulher que se aproximava era bela, sem a menor dúvida, e de um tipo pouco vulgar. Não podia haver maior contraste do que o existente entre irmão e irmã, pois Stapleton era de coloração neutra, com cabelos claros e olhos cinzentos, ao passo que ela era mais escura do que qualquer morena que eu alguma vez vira em Inglaterra. Alta, fina e elegante. Tinha o rosto orgulhoso e bem talhado, tão regular que poderia parecer impassível, se não fosse pela boca sensível e pelos olhos escuros, lindos e ardentes.

Com o seu corpo perfeito e vestido elegante era, de facto, uma estranha aparição, num caminho deserto da planície. Tinha os olhos no irmão, quando me virei; depois, dirigiu-se vivamente para onde eu estava. Ergui o chapéu e ia apresentar-me, quando as suas palavras desviaram os meus pensamentos para outro lado.

— Volte! — disse ela. — Volte imediatamente para Londres; imediatamente.

Não pude deixar de fitá-la, surpreendido. Os seus olhos luziam e ela bateu com o pé no chão, impaciente.

— Porque hei-de voltar? — perguntei.

— Não posso explicar. — Ela falava em voz baixa, ardente, com um curioso ciciar. — Mas, por amor de Deus, faça o que lhe peço. Volte e nunca mais venha à charneca.

— Mas acabei de chegar!

— Homem, homem! — exclamou. — Não percebe, quando lhe dão um aviso para o seu bem? Volte para Londres! Volte hoje! Saia a todo o custo deste lugar, aqui. Silêncio, o meu irmão vem aí! Nem uma palavra sobre o que eu disse. Quer fazer o favor de me apanhar aquela orquídea, ali adiante? Temos lindas orquídeas, na charneca, embora, naturalmente, seja muito tarde para o senhor apreciar as belezas do lugar.

Stapleton abandonara a perseguição e voltou vermelho e ofegante.

— Olá, Beryl! — disse ele, e pareceu-me que a sua saudação não foi muito cordial.

— Então, Jack, parece estar com calor.

— Sim, andei a correr atrás de uma *cyclopides*. É rara e quase não se encontra no final do Outono. Que pena tê-la deixado escapar!

Ele falava despreocupadamente, mas os olhinhos claros iam incessantemente do rosto da irmã para o meu.

— Vejo que se apresentaram — disse ele.

— Sim, eu estava a dizer a *Sir* Henry que é muito tarde para ele apreciar as belezas da charneca.

— Oh, quem é que disse que era?

— Pensei que fosse *Sir* Henry Baskerville.

— Não, não — disse eu. — Sou um simples cidadão, amigo de *Sir* Henry. Sou o doutor Watson.

Um rubor envergonhado cobriu o rosto expressivo da jovem.

— Houve um mal-entendido — disse ela.

— Oh, mas não tiveram muito tempo para conversar — replicou o irmão, sempre com os mesmos olhares interrogadores.

— Falei como se o doutor Watson residisse aqui, em vez de ser apenas um visitante — disse ela. — Pouco lhe importará que seja cedo ou tarde para as orquídeas. Mas não quer vir até Merripit?

Uma caminhada curta levou-nos até à casa erma, que tinha sido morada de algum negociante de gado, nos tempos prósperos, e fora agora transformada em residência moderna. Cercava-a um pomar, mas as árvores, como acontece na charneca, eram enfezadas e o efeito sem grandeza e melancólico. Fomos recebidos por um criado velho, criatura estranha, murcha; de casaco pardo, que parecia bem combinado com a casa. Mas dentro havia salas grandes, mobiladas com elegância, na qual julguei reconhecer o gosto da dona da casa. Ao olhar pelas janelas, para a imensa planície, não pude deixar de pensar no motivo que poderia ter induzido um homem tão culto e uma tão linda mulher a viverem num lugar daqueles.

— É um lugar estranho para se escolher, não é? — perguntou ele, como que respondendo ao meu pensamento. — Apesar disso, conseguimos ser felizes, não é, Beryl?

— Muito felizes — respondeu ela, mas não havia convicção na sua voz.

— Tive uma escola, no Norte — disse Stapleton. — O trabalho, para um homem do meu temperamento, era rotineiro e desinteressante, mas o privilégio de conviver com a mocidade, de ajudar a moldar aqueles cérebros jovens e a impressioná-los com o nosso carácter e os nossos ideais, era-me muito caro. Houve uma séria epidemia na escola e três rapazes morreram. Nunca me conformei e parte do meu capital ficou irremediavelmente comprometido. Apesar disto, e mau grado a perda da agradável companhia dos jovens, cheguei a regozijar-me com o meu revés, pois, com o meu gosto pela botânica e zoologia, encontro aqui um campo ilimitado de trabalho. A minha irmã também ama a natureza. Digo-lhe tudo isto, doutor Watson, por ter visto a sua expressão, ao olhar a planície, pela janela.

— Não há dúvida de que achei que devia ser um pouco monótono; menos para o senhor, talvez, do que para a sua irmã.

— Não, nunca acho monótono — replicou ela vivamente.

— Temos os nossos livros, os nossos estudos e vizinhos interessantes. O doutor Mortimer, no seu ramo, é muito culto. O pobre *Sir* Charles também era um companheiro agradável. Nós conhecíamo-lo muito bem e sinto a falta dele, mais do que posso expressar por palavras. Acha que seria indiscreto da minha parte se fosse hoje à tarde travar conhecimento com *Sir* Henry?

— Tenho a certeza de que ele ficaria encantado.

— Então, talvez fosse bom o senhor avisá-lo. Talvez possamos, de maneira modesta, facilitar-lhe as coisas, até que se habitue à nova vida. Quer subir, doutor Watson, para ver a minha colecção de lepidópteros? Creio que é a mais completa do Sudoeste de Inglaterra. Depois que a tiver examinado, o almoço deverá estar pronto.

Eu estava contudo ansioso por voltar para o lado de *Sir* Henry. A melancolia da charneca, a morte do infeliz potro, o estranho som que fora associado à lenda da família Baskerville, todas essas coisas me tinham entristecido. Acima dessas impressões mais ou menos vagas, estava o aviso firme da menina Stapleton, dado com tanta intensidade que eu não podia duvidar de que fora ditado por uma razão grave e profunda. Recusei o convite insistente para almoçar e pus-me de novo a caminho, seguindo a mesma vereda por onde viera.

Parecia, no entanto, que devia haver algum atalho, pois antes de atingir a estrada, tive a surpresa de ver a menina Stapleton sentada numa rocha. O seu rosto estava lindamente rosado pelo exercício.

— Corri imenso para alcançá-lo, doutor Watson — disse ela. — Nem tive tempo de pôr o meu chapéu. Não posso demorar-me, para que o meu irmão não note a minha ausência. Queria dizer-lhe como lamento o estúpido engano que cometi, pensando que o senhor era *Sir* Henry. Por favor, esqueça as minhas palavras, que de forma nenhuma se aplicam ao senhor.

— Mas não posso esquecê-las, menina Stapleton — repliquei. — Sou amigo de *Sir* Henry e preocupo-me muito com ele. Diga-me, porque estava ansiosa por que ele voltasse para Londres?

— Capricho de mulher, doutor Watson. Depois de me conhecer melhor, compreenderá que nem sempre posso dar razões para o que digo ou faço.

— Não, não. Lembro-me da emoção da sua voz. Lembro-me da expressão dos seus olhos. Por favor, seja franca comigo, menina Stapleton, pois desde que aqui cheguei tenho sentido sombras à minha volta. A vida tornou-se uma espécie de grande atoleiro de Grimpen, com manchas verdes por toda a parte, que podem tragar-nos a qualquer momento, sem um guia para nos indicar o caminho. Conte-me o que queria dizer, e eu prometo transmitir o aviso a *Sir* Henry.

Pelo rosto da jovem passou uma expressão irresoluta, mas os olhos endureceram de novo, quando me respondeu.

— O senhor dá valor exagerado ao que eu disse, doutor Watson. O meu irmão e eu ficámos muito chocados com a morte de *Sir* Charles. Nós conhecíamo-lo intimamente, pois o seu passeio favorito era vir pelo campo até nossa casa. Ele estava profundamente impressionado com a maldição que pesava sobre a família e, quando aconteceu a tragédia, claro que achei que devia haver fundamento para os seus receios. Fiquei fora de mim, quando outro membro da família veio para aqui morar, e senti que devia avisá-lo do perigo que corre. Foi tudo o que eu quis dizer.

— Mas qual perigo?

— Conhece a história do cão?

— Não acredito nessas tolices.

— Mas eu acredito. Se o senhor tiver alguma influência sobre *Sir* Henry, leve-o embora de um lugar que sempre foi fatal à sua família. O mundo é vasto. Porque haveria ele de querer morar no lugar do perigo?

— Porque *é* o lugar do perigo. *Sir* Henry é assim. Receio que, a não ser que me dê informações mais concretas, seja impossível fazê-lo sair daqui.

— Nada posso dizer de concreto, porque nada sei de concreto.

— Vou fazer-lhe mais uma pergunta, menina Stapleton. Se não pretendia dizer mais do que isto, quando falou comigo pela primeira vez, porque não quis que o seu irmão a ouvisse? Não há nada a que ele possa objectar... ele ou qualquer outra pessoa.

— O meu irmão faz questão de que a mansão continue habitada, pois acha que seria para o bem dos pobres da região. Ficaria muito zangado se soubesse que eu disse alguma coisa que pudesse induzir *Sir* Henry a partir. Mas agora cumpri o meu dever e nada mais direi. Preciso de me ir embora, senão ele dará pela minha falta e desconfiará de que vim falar com o senhor. Adeus!

Virou-se e, dali a pouco, desapareceu no meio das rochas esparsas. Quanto a mim, com o coração cheio de apreensão, tomei o caminho de Baskerville.

CAPÍTULO

8

PRIMEIRO RELATÓRIO
DO DOUTOR WATSON

Daqui por diante, seguirei o curso dos acontecimentos, transcrevendo as minhas cartas a Sherlock Holmes, que estão na mesa à minha frente. Falta uma página, mas, a não ser por isto, mostram exactamente os meus sentimentos e suspeitas na ocasião, com muito mais força do que se eu o fizesse de memória, embora me lembre ainda de tudo com clareza.

Mansão dos Baskervilles, 13 de Outubro.

Caro Holmes,
Os meus telegramas e as minhas cartas anteriores puseram-no bem a par de tudo o que ocorreu neste lugar esquecido de Deus. Quanto mais se fica aqui, mais o espírito da charneca nos invade a alma, com a sua melancolia, a sua vastidão e o seu sombrio encanto. Quando nela penetramos, temos a sensação de ter deixado atrás de nós os vestígios da moderna Inglaterra, mas ao mesmo tempo sentimos em toda a parte o trabalho do homem pré-histórico. Vemos, por todos os lados, os lares dessa gente esquecida, com os seus túmulos e vastos monólitos que, ao que dizem, são marcos de templos. Ao olhar para as casotas de pedra cinzenta, nos velhos morros, deixamos a nossa era

atrás de nós e, se víssemos algum homem cabeludo, metido em pele de animal feroz, sair agachado de uma das portas baixas, empunhando arco e flecha, acharíamos a sua presença mais natural do que a nossa. O estranho é que tantos tenham podido viver num lugar que sempre deve ter sido árido. Não entendo do assunto, mas imagino que devia ser um povo pacífico e despojado, que se viu obrigado a aceitar aquilo que nenhum outro quereria para si.

Tudo isto, no entanto, nada tem que ver com a missão de que me incumbiu e talvez seja pouco interessante, caro Holmes, para quem tem a sua mentalidade prática. Lembro-me ainda da sua completa indiferença pelo facto de o Sol girar à volta da Terra ou a Terra à volta do Sol. Deixe-me, portanto, voltar aos factos relativos a Sir Henry Baskerville.

Se não mandei nenhum relatório nos últimos dias, é porque nada houve de importante para relatar. Depois, aconteceu um facto interessante, que lhe contarei oportunamente. Mas, em primeiro lugar, preciso de pô-lo a par de outros acontecimentos.

Um deles, do qual pouco falei, é o caso do preso que fugiu de Princetown. Acredita-se, agora, que conseguiu escapar definitivamente e isto não deixa de ser um alívio para o pessoal do distrito. Já há quinze dias que fugiu e, durante este tempo, não foi visto nem se ouviu falar nele. É inconcebível que tenha permanecido na charneca todo este tempo. Claro que, sob o ponto de vista de esconderijo, não há dificuldades. Qualquer dessas casotas de pedra serviria. Mas nada há para comer, a não ser que ele agarrasse e matasse um dos carneiros do campo. Acham, portanto, que se foi embora e os camponeses agora dormem mais tranquilos.

Somos quatro homens válidos aqui em casa, de modo que nos poderíamos defender, mas confesso que tenho ficado apreensivo, ao pensar nos Stapleton. Estão a quilómetros de distância de qualquer auxílio. Vivem lá apenas uma criada, um criado velho e os dois irmãos,

e Stapleton não é muito forte. Estariam perdidos, nas mãos de um fa-
cínora como aquele de Notting Hill, se o homem conseguisse entrar-
-lhes em casa. Tanto Sir Henry como eu ficámos preocupados e foi
aventada a hipótese de Perkins, o cocheiro, ir lá dormir, mas Stapleton não quer ouvir falar nisto. A verdade é que o baronete começa
a mostrar grande interesse pela bela vizinha. Não é de admirar, pois
neste lugar deserto o tempo custa a passar, principalmente para um
homem tão activo; além disso, a jovem é de facto fascinante. Há nela
algo de exótico e tropical, que forma um singular contraste com o irmão, frio, pouco emotivo. Apesar disto, suspeita-se nele a existência de
um fogo latente. Não há dúvida de que exerce grande influência sobre
a irmã, pois tenho-a visto olhar constantemente para ele quando fala,
como a pedir a sua aprovação. Espero que seja bom para ela. Há nos
seus olhos um brilho seco e uma expressão firme nos lábios finos, que
indicam homem de temperamento positivo e talvez brutal. Você consi-
derá-lo-ia um interessante objecto de estudo.

Ele veio visitar Baskerville no primeiro dia e, no seguinte, foi
mostrar-nos o lugar onde parece ter tido origem a lenda do cruel Hugo
Baskerville. Foi uma excursão de alguns quilómetros, através da
charneca, a um lugar tão lúgubre que pode ter sugerido a história.
Encontrámos, entre rochedos, um valezinho que leva a um espaço co-
berto de relva. No meio, erguiam-se duas grandes pedras, gastas e tão
afiladas nas pontas que pareciam as garras corroídas de alguma fera
monstruosa. Correspondia, em todos os pontos, à descrição do local da
tragédia. Sir Henry ficou muito interessado e, mais de uma vez,
perguntou a Stapleton se realmente acreditava na possibilidade de in-
terferência sobrenatural nos assuntos humanos. Falava despreocupadamente, mas via-se que levava aquilo a sério. Stapleton respondia cautelosamente, mas era fácil perceber-se que dizia menos do que pensava,
ou que não dizia tudo, em consideração ao baronete. Falou-nos de casos
semelhantes, onde certas famílias tinham sofrido influência malévola,

e deixou-nos com a impressão de compartilhar da opinião popular a respeito do assunto.

No regresso, parámos para almoçar em Merripit e foi aí que Sir Henry conheceu a menina Stapleton. Desde o momento em que a viu, pareceu profundamente atraído pela sua beleza e parece-me que o sentimento é recíproco. Sir Henry falou de novo nela, quando voltámos para casa e, desde então, não passou um dia sem que víssemos um dos dois irmãos. Eles vêm jantar aqui, hoje e fala-se em irmos lá na semana seguinte. Era de prever que tal casamento fosse do agrado de Stapleton, mas, mais de uma vez, notei um olhar de grande desaprovação no seu rosto, quando Sir *Henry dá muita atenção à jovem. Provavelmente o irmão é muito dedicado à irmã e levaria uma vida isolada se ela o deixasse, mas seria o cúmulo do egoísmo procurar impedir um casamento tão brilhante. Apesar disso, tenho a certeza de que ele não deseja que a simpatia se transforme em amor e várias vezes observei que se dá ao trabalho de evitar um* tête-à-tête. *Por pensar nisto, as suas instruções a respeito de eu não deixar* Sir *Henry sair sozinho serão muito mais difíceis de cumprir, se um caso de amor se vier juntar às nossas dificuldades. A minha popularidade seria imediatamente prejudicada, caso eu seguisse à letra as suas ordens.*

No outro dia — quinta-feira, para ser exacto — o doutor Mortimer almoçou connosco. Esteve a escavar um túmulo em Long Down e descobriu um crânio pré-histórico, o que o encheu de alegria. Nunca vi entusiasta igual! Os Stapleton apareceram depois e o bom doutor Mortimer levou-nos até à alameda de teixos, a pedido de Sir *Henry, para nos mostrar exactamente como tudo ocorrera, na noite fatídica. É um passeio lúgubre, esse pela alameda de teixos, onde há duas altas sebes aparadas, com uma fina faixa de relva de cada lado. Na outra extremidade, existe uma estufa em ruínas. A meio caminho, vê-se o portão que dá para a charneca, onde o velho acendeu o seu cigarro.*

É um portão branco, de madeira, com trinco. Do outro lado, esten-
de-se a vasta planície. Lembrei-me da sua teoria sobre o caso
e procurei imaginar como tudo ocorrera. Ao ficar ali parado, o velho
viu qualquer coisa surgir da charneca, algo que o aterrorizou, a ponto
de fazê-lo perder a cabeça e correr, correr, até tombar morto de medo
e de exaustão. Ali estava o túnel longo e sombrio por onde fugira.
Mas de quê? De algum cão pastor? Ou de um cão espectral, negro, si-
lencioso, monstruoso? Haveria algum agente humano no caso? Saberia
o pálido e vigilante Barrymore mais do que quisera contar? Tudo
muito vago, mas sempre havia, no fundo, a sombra do crime.

Fiquei a conhecer outro vizinho, depois que lhe escrevi: o senhor
Frankland, de Lafter Hall, que vive a seis quilómetros ao sul da
mansão. É um homem idoso, de rosto vermelho e cabelos brancos, ar
colérico. Tem paixão pela lei inglesa e gastou grande parte da sua for-
tuna em demandas. Briga pelo simples prazer de brigar e está pronto
a tomar qualquer dos dois lados da questão, de modo que não é de
admirar que tenha aprendido que se trata de um brinquedo caro. Às
vezes, fecha uma estrada gravada com servidão e desafia a paróquia
a tornar a abri-la. De outras, com as suas próprias mãos, derruba
o portão de entrada de outra propriedade, dizendo que existiu ali uma
estrada desde tempos imemoriais, e incita o dono acusá-lo de invasão de
propriedade. É entendido em direitos senhorial e comunal e, às vezes,
aplica os seus conhecimentos a favor dos aldeões de Fernworthy, e ou-
tras, contra. Por isto, periodicamente, carregam-no em triunfo pela rua
da vila, ou então queimam a sua efígie, conforme a última actuação.
Dizem que no momento presente anda às voltas com sete demandas.
Provavelmente engolirão o resto da sua fortuna, tirando-lhe o veneno
e tornando-o inofensivo. A não ser essa mania pelas leis, é um homem
bondoso, bem humorado, e só o menciono porque disse que mandasse
a descrição das pessoas que nos cercam. Actualmente, tem uma curio-
sa ocupação. Como é astrónomo amador, possui um bom telescópio

com o qual, do telhado da sua casa, varre a planície o dia todo, na esperança de descobrir criminoso o evadido. Se ficasse por aqui, muito bem, mas corre o boato de que pretende mover uma acção contra o doutor Mortimer, por ter aberto um túmulo sem consentimento do parente mais próximo do falecido, pois o doutor Mortimer descobriu um crânio da Idade da Pedra, num túmulo de Long Down. Ele impede que a nossa vida se torne monótona e fornece uma nota cómica, que alivia a tensão.

E agora, depois de ter trazido diante de si o criminoso evadido, os Stapleton, o doutor Mortimer e Frankland, de Lafter Hall, deixe-me falar-lhe mais a respeito dos Barrymore e, especialmente, dos surpreendentes acontecimentos da noite passada.

Em primeiro lugar, falarei dos telegramas que mandou como testes, para se certificar se Barrymore se encontrava na mansão. Já expliquei que o testemunho do agente do telégrafo provou que o teste não tinha valor e não possuímos outra prova. Contei a Sir Henry o que havia e imediatamente, com o seu jeito franco, ele chamou o mordomo e perguntou-lhe se recebera pessoalmente o telegrama. Barrymore respondeu que sim.

— O rapaz entregou-lhe pessoalmente o telegrama? — perguntou Sir Henry.

Barrymore pareceu surpreendido e ficou a pensar, por alguns segundos.

— Não — disse. — Eu estava no sótão e a minha mulher foi levar-me o telegrama.

— Foi você próprio que respondeu?

— Não senhor, disse à minha mulher o que devia responder e ela desceu para escrever.

À noite, ele próprio voltou ao assunto.

— Não compreendi bem o objectivo do seu interrogatório, hoje de manhã, Sir Henry — disse ele. — Espero que não signifique que fiz alguma coisa que desmereça a sua confiança?

Sir Henry viu-se obrigado a garantir-lhe que não e apaziguou-o, dando-lhe considerável parte do seu guarda-roupa, pois já tinham chegado as encomendas de Londres.

A senhora Barrymore interessa-me bastante... uma mulher pesada, sólida, muito limitada, profundamente respeitável e inclinada a ser puritana. Não se pode imaginar pessoa menos emotiva. Já lhe contei que, na primeira noite após a minha chegada, a ouvi soluçar amargamente e, depois disto, mais de uma vez, vi traços de lágrimas no seu rosto. Alguma profunda mágoa lhe dilacera o coração. Às vezes, fico a pensar se terá algum remorso; de outras, suspeito que Barrymore seja um tirano. Sempre achei que havia algo de singular e dúbio no carácter deste homem e a aventura de ontem à noite fez com que se concretizassem as minhas suspeitas.

Apesar de tudo, talvez seja uma coisa sem importância. Você sabe que não durmo profundamente e, desde que estou de guarda aqui nesta casa, o meu sono tornou-se mais leve ainda. A noite passada, mais ou menos às duas da madrugada, acordei com passos furtivos diante do meu quarto. Levantei-me, abri a porta e espiei. Uma grande sombra negra manchava o chão do corredor, projectada por um homem que andava de mansinho, de calças e camisolão, pés descalços. Só vi o vulto, mas a altura provou-me que se tratava de Barrymore. Andava lentamente e muito circunspecto e havia algo de incrivelmente culpado e furtivo na sua atitude.

Já lhe disse que o corredor é interrompido pela galeria à volta do saguão, mas recomeça do outro lado. Esperei até perdê-lo de vista e depois fui no seu encalço. Quando dei a volta à galeria, ele chegara ao fim do outro corredor. Pude ver, por um brilho de luz através de uma porta aberta, que ele entrara num dos quartos. Ora todos esses quartos estão sem mobília e desocupados, de modo que a expedição nocturna mais misteriosa se tornou ainda. A luz brilhava calmamente, como se ele estivesse imóvel. Deslizei o mais mansamente possível pelo corredor e fui espiar à porta.

Vi Barrymore agachado perto da janela, com a vela contra a vidraça. Estava meio de perfil para mim e tinha o rosto rígido de expectativa, os olhos fixos na planície. Por alguns minutos, ficou atentamente em observação. Depois, soltou um gemido profundo e, com um gesto impaciente, apagou a vela. Voltei imediatamente para o meu quarto; dali a pouco, ouvi de novo os passos furtivos, voltando. Muito mais tarde, quando já pegara no sono, ouvi uma chave girar em alguma fechadura, mas não pude distinguir de onde vinha o som. Não sei o que tudo isto possa significar, mas há qualquer coisa secreta aqui nesta casa sombria e, cedo ou tarde, teremos de averiguar. Não quero aborrecê-lo com as minhas teorias, pois só me pediu que lhe relatasse factos. Tive uma longa conversa com Sir Henry, *hoje de manhã, e fizemos um plano de campanha, baseado nas minhas observações de ontem à noite. Não falarei nisto agora, mas creio que tornará o meu próximo relatório interessante.*

CAPÍTULO

9

LUZ NA CHARNECA
(SEGUNDO RELATÓRIO
DO DOUTOR WATSON)

Mansão dos Baskervilles, 15 de Outubro.

Caro Holmes,

    Se me vi obrigado a deixá-lo sem grandes notícias, nos primeiros dias da minha missão, tem de reconhecer que estou a recuperar o tempo perdido e que os acontecimentos se sucedem rapidamente. Acabei o meu anterior relatório com Barrymore à janela e tenho aqui um calhamaço que, a não ser que me engane, muito o surpreenderá. Os factos tomaram um rumo que eu não poderia ter previsto. De certo modo, tornaram-se mais claros nas últimas quarenta e oito horas e, ao mesmo tempo, em outros pontos, mais complicados. Mas vou contar-lhe tudo e você próprio julgará.

    Antes do café, na manhã seguinte à minha aventura, percorri o corredor e fui examinar o quarto onde Barrymore estivera na noite anterior. A janela a oeste, por onde ele tão atentamente espiara, tem uma peculiaridade, isto é, tem a visão mais próxima da charneca. Há uma abertura entre as árvores, que permite que se olhe directamente para a planície, ao passo que, das outras janelas, só se pode vislumbrá-la. Daí se conclui que Barrymore, já que somente esta janela serviria para isto, devia estar à procura de alguém ou de alguma coisa no campo. A noite estava muito escura, de modo que eu mal podia imaginar que ele esperasse por ver alguém. Tinha-me ocorrido que era possível que se tratasse de algum caso amoroso. Isto explicaria os seus movimentos furtivos e também a inquietação da mulher. Barrymore é um homem vistoso, um tipo atraente e muito capaz de roubar o coração de qualquer camponesa, de modo que a minha teoria parecia ter bases. O abrir da porta, que ouvi depois que voltei para o meu quarto, podia significar que ele tivesse ido a algum encontro clandestino. Foi assim que raciocinei no dia seguinte e conto-lhe as razões das minhas suspeitas, embora os resultados tenham provado que eram infundadas.

Seja qual for a verdadeira explicação dos movimentos de Barrymore, achei que a responsabilidade de guardar segredo era demais para mim. Tive uma conversa com o baronete no seu escritório, depois do café, e contei-lhe o que vira. Ele ficou menos surpreendido do que eu esperara.

— Sabia que o Barrymore andava de noite e pensava falar nisso — disse ele. — Por duas ou três vezes, ouvi os passos dele no corredor, indo e vindo, mais ou menos à hora que diz.

— Então, talvez ele faça uma visita àquela determinada janela, todas as noites — disse eu.

— Talvez. Se assim for, poderemos segui-lo, para ver o que anda a fazer. Que faria o seu amigo Holmes, se estivesse aqui?

— Creio que faria exactamente o que o senhor está a sugerir — repliquei. — Seguiria o Barrymore, para ver o que há.

— Então, iremos juntos.

— Mas com toda a certeza que nos ouvirá.

— O Barrymore é bastante surdo e, de qualquer maneira, temos de arriscar. Ficaremos sentados no meu quarto, hoje à noite, à espera que ele passe.

Sir Henry esfregou as mãos de prazer. Era evidente que considerava a aventura como um alívio, nesta vida calma que leva na charneca.

O baronete tem comunicado com o arquitecto que preparou as plantas e com um construtor de Londres, de modo que podemos esperar grandes mudanças, aqui, para breve. Já vieram decoradores e tapeceiros de Plymouth; evidentemente, o nosso amigo tem ideias grandiosas e não pretende poupar esforços para restaurar a grandeza da família. Quando a casa estiver restaurada e remobilada, para a tornar completa só precisará de uma esposa. Cá entre nós, há sintomas claros de que isto não faltará, se a dama estiver de acordo, pois raras vezes tenho visto homem mais encantado com uma mulher do que Sir Henry com a nossa bela vizinha, a menina Stapleton. Mas o caminho do amor verdadeiro não é tão suave como, nestas circunstâncias, se poderia esperar. Hoje, por exemplo, a superfície foi agitada por uma onda inesperada, que causou ao nosso amigo perplexidade e aborrecimento.

Após a conversa sobre Barrymore, de que lhe falei, Sir Henry pegou no chapéu e preparou-se para sair. Instintivamente, fiz o mesmo.

— Oh, o senhor vem? — perguntou-me ele, olhando-me de maneira curiosa.

— Depende de o senhor ir ou não à charneca — respondi.

— Vou, sim.

— Pois bem, sabe quais são as instruções que recebi. Lamento intrometer-me, mas o senhor ouviu como Holmes insistiu para que não o deixasse sair só, principalmente quando fosse à charneca.

Sir Henry pôs-me a mão no ombro, com um sorriso cordial.

— Caro amigo, com toda a sua sabedoria, Holmes não previu certas coisas que aconteceram desde que aqui cheguei. Compreende o que quero dizer? Tenho a certeza de que é o último homem no mundo que seria desmancha-prazeres. Preciso de ir sozinho.

Isto deixou-me numa posição embaraçosa. Não sabia o que dizer ou fazer; antes de me decidir, já ele pegara na bengala e partira.

Contudo, depois que resolvi o assunto, a minha consciência censurou-me amargamente por ter permitido que ele fugisse à minha protecção. Imaginei quais seriam os meus sentimentos, se tivesse de voltar para perto de si e confessar que acontecera alguma desgraça por causa do meu desrespeito às suas ordens. Garanto-lhe que o meu rosto ficou vermelho, só de pensar nisto. Achei que talvez ainda tivesse tempo de o alcançar, de modo que saí imediatamente, rumo a Merripit.

Andei pela estrada o mais depressa possível, sem ver sombra de Sir Henry, até chegar ao ponto onde o caminho da planície se bifurca. Ali, receando ter tomado a direcção errada, subi a uma colinazinha, de onde se tinha uma visão abrangente. Vi-o imediatamente. Estava na vereda da charneca, mais ou menos a quatrocentos metros, e a seu lado vi uma senhora que não podia deixar de ser a menina Stapleton. Era evidente que já havia um entendimento entre eles e que se tinham encontrado por prévia combinação. Caminhavam lentamente, em conversa animada, e vi-a fazer movimentos pequenos e rápidos com as mãos, como se estivesse muito interessada no que dizia, enquanto ele ouvia atentamente, tendo por uma ou duas vezes sacudido a cabeça, em sinal de profunda desaprovação. Fiquei no meio das rochas, a observá-los, sem saber o que fazer. Aproximar-me e interromper a conversa íntima seria um abuso, mas, ao mesmo tempo, o meu dever era não o perder de vista. Espiar um amigo era um papel odioso. Apesar de tudo, não via melhor solução, a não ser observá-lo dali e depois apaziguar a consciência, contando-lhe o que fizera. Verdade que, se algum perigo o ameaçasse, eu estava longe de mais para o socorrer, mas tenho a certeza de que você concordará que a minha posição era muito delicada e que nada mais podia fazer.

O nosso amigo e a sua companheira tinham parado e estavam profundamente absortos na conversa, quando percebi que eu não era a única testemunha do encontro. Uma mancha verde no ar chamou-me a atenção e logo vi que era uma rede de borboleta, segurada por

um homem que se movia no terreno acidentado. Era Stapleton. Esta-
va muito mais perto dos dois do que eu e parecia mover-se em direcção
a eles. Nesse momento, Sir Henry puxou de repente a menina Staple-
ton para si. Tinha o braço à volta dela, mas pareceu-me que a jovem
procurava fugir-lhe e desviar o rosto. Ele baixou a cabeça, mas a jo-
vem ergueu uma das mãos, em sinal de protesto. No momento seguin-
te, vi-os separarem-se bruscamente e darem uma rápida reviravolta.
Stapleton fora a causa da interrupção. Corria para os dois, com a
absurda rede a esvoaçar atrás dele. Gesticulava e quase dançava de ex-
citação, na frente dos namorados. Não pude imaginar o que significava
a cena, mas pareceu-me que Stapleton estava a insultar Sir Henry,
que dava explicações — e estas tornavam-se mais coléricas — à me-
dida que o outro se recusava a aceitá-las. A menina Stapleton estava
à parte, em orgulhoso silêncio. Finalmente, Stapleton virou-se com um
gesto peremptório para a jovem e esta, com um olhar irresoluto para
Sir Henry, partiu na companhia do irmão. Os gestos encolerizados do
naturalista indicavam que a jovem tinha igualmente incorrido no seu
desagrado. O baronete ficou por um minuto a olhá-los e depois voltou
por onde fora, de cabeça baixa, parecendo muito infeliz.

Eu não podia imaginar o que aquilo significava, mas estava pro-
fundamente envergonhado por ter presenciado uma cena tão íntima,
sem o meu amigo saber. Desci a colina a correr e encontrei o baronete
lá em baixo. Vi-o de rosto vermelho de cólera e testa franzida, como
se estivesse completamente perplexo quanto ao que devia fazer.

— Olá, Watson! De onde caiu você? — perguntou. — Não
quer dizer que andou atrás de mim, apesar de tudo?

Expliquei-lhe que me fora impossível ficar, que o seguira e pre-
senciara a cena. Por um instante os seus olhos luziram, mas a minha
franqueza desarmou-o. Finalmente, rompeu em riso.

— Nós esperávamos que o centro desta planície fosse um lugar
onde se pudesse ter intimidade — disse ele. — Mas, com mil diabos,

parece que toda a região presenciou a minha corte... e uma pobre corte,
ainda por cima! Onde é que reservou o seu lugar?

— *Eu estava naquele morro.*

— *Na fila de trás, hã? Mas o irmão estava bem na frente. Você*
viu-o aproximar-se de nós?

— *Vi-o, sim.*

— *Alguma vez lhe ocorreu que o irmão dela é doido?*

— *Realmente, nunca me ocorreu.*

— *De acordo. Também eu o achava normal, até hoje, mas pode*
acreditar-me quando digo que deveria estar metido numa camisa-de-
-força. O que se passa comigo, afinal de contas? Você está aqui há
várias semanas, Watson. Diga-me com franqueza! Existe alguma
coisa que impeça que eu seja um bom marido para a mulher que eu
amar?

— *Claro que não.*

— *Ele não pode objectar quanto à minha pessoa. Que tem con-*
tra mim? Nunca fiz mal a ninguém, neste mundo. E, no entanto, ele
não permite nem mesmo que toque nos dedos da irmã.

— *Disse isso?*

— *Isto, e mais alguma coisa. Escute, Watson, conheço-a há pou-*
cos dias, mas desde o princípio vi que ela fora feita para mim e ela...
também parecia feliz na minha companhia, isto eu era capaz de ju-
rar. Há uma luz nos olhos daquela mulher, que diz mais do que pa-
lavras. Mas o homem nunca nos deixa juntos e foi somente hoje que,
pela primeira vez, vi uma oportunidade de lhe falar a sós. Ela concor-
dou alegremente, mas, quando nos encontrámos, não foi de amor que
falou e nem deixou que eu falasse. Continuou a insistir em que este
lugar é perigoso para mim, que não seria feliz enquanto eu não me
fosse embora. Respondi que, desde que a conhecera, não tinha a menor
vontade de partir e que, se quisesse realmente que eu partisse, a única
maneira de o conseguir seria ir comigo. Com isto, pedi-a em casamento,

110

mas, antes que ela pudesse responder-me, surgiu aquele irmão, a correr e com cara de louco. Estava pálido de raiva e os seus olhos luziam. Que estava eu a fazer ali com a jovem? Como ousava prestar-lhe homenagens que lhe desagradavam, a ela? Achava eu que, por ser baronete, podia fazer o que quisesse? E outras coisas. Se não se tratasse do irmão dela, teria sabido responder-lhe melhor. Declarei que não me envergonhava dos meus sentimentos para com a irmã e que esperava que ela me desse a honra de me aceitar para marido. Isto não melhorou a situação, de modo que também perdi a cabeça e respondi mais bruscamente do que talvez devesse, considerando que ela estava presente. Tudo acabou com a partida dos dois, como você viu, e aqui estou, profundamente perplexo. Diga-me o que isto significa, Watson, que lhe ficarei eternamente grato.

Tentei explicar, mas confesso que também estava no ar. A fortuna do nosso amigo, o título, a idade, o carácter e a aparência, tudo isto fala a seu favor — nada sei contra ele, a não ser que se leve em conta a maldição que parece pesar sobre a família. Acho extraordinário que a sua corte seja rejeitada tão bruscamente, sem que a jovem seja consultada e, também, que ela aceite a situação sem protestos. Mas as nossas conjecturas cessaram com uma visita de Stapleton, naquela tarde. Veio pedir desculpas pela sua grosseria e, após uma longa conversa particular com Sir Henry, no escritório, verificou-se que não existe rancor e devemos mesmo jantar em Merripit na semana que vem, como prova.

— Não digo agora que ele não seja louco — explicou-me Sir Henry. — Não me esqueço do seu olhar, quando correu para mim, hoje de manhã, mas reconheço que ninguém se teria desculpado mais elegantemente.

— Deu alguma explicação para o seu procedimento?

— Disse que a irmã é tudo o que ele tem na vida. Isto é natural e fico satisfeito por ver que lhe reconhece valor. Sempre viveram juntos

111

e, pelo que me disse, tem levado uma vida solitária, só com a irmã como companheira. A ideia de a perder pareceu-lhe insuportável. Disse que não percebera que eu começava a gostar dela e que, quando viu com os seus próprios olhos como andavam as coisas e que ela poderia ser roubada, teve um choque tão grande que por um momento ficou fora de si. Sente muito o que se passou e reconhece que foi tolice e egoísmo da sua parte imaginar que poderia prender a seu lado uma mulher tão bonita como a irmã. Se tiver de perdê-la, antes com um vizinho, como eu, do que com um estranho. De qualquer maneira, foi um golpe para ele e diz que precisa de tempo para se habituar à ideia. Desistirá de qualquer oposição, se eu prometer não pensar nisto durante três meses, cultivando durante esse tempo a amizade da irmã, sem falar em amor. Prometi e as coisas estão neste pé.

Como vê, caro Holmes, um dos nossos mistérios está esclarecido. Já é alguma coisa ter chegado ao âmago de um facto, neste lodaçal onde patinhamos. Sabemos agora por que motivo Stapleton não via com bons olhos o pretendente da irmã, embora fosse um pretendente como Sir Henry.

Passo agora a outro fio que desenredei da meada, o mistério dos soluços à noite, do rosto desfeito da senhora Barrymore e das viagens secretas do mordomo à janela a oeste. Felicite-me, caro Holmes, e diga-me que não o decepcionei como agente, que não se arrepende da prova de confiança ao enviar-me para cá. Todas essas coisas foram esclarecidas com o trabalho de uma noite.

Eu disse «de uma noite» mas, na realidade, foram duas, pois na primeira nada aconteceu. Ficámos no quarto de Sir Henry até às três da madrugada e não ouvimos som algum, a não ser o do relógio na escada. Foi uma vigília melancólica e acabámos por adormecer nas poltronas. Felizmente não desanimámos e resolvemos tentar de novo. Na noite seguinte, baixámos a lâmpada e ficámos a fumar, sem fazer o mínimo barulho. Incrível como as horas se arrastaram, mas ajudava-nos o mesmo paciente interesse que deve sentir o caçador, ao observar a armadilha onde a caça poderá cair. Uma hora, duas horas e, quando pela segunda vez íamos desistir, de repente empertigámo-nos na cadeira, com todas as faculdades aguçadas. Tínhamos ouvido o ruído de passos no corredor.

Passos furtivos, que passavam pela nossa porta, morriam ao longe. O baronete abriu suavemente a porta e saímos em perseguição. O nosso homem já contornara a galeria, e o corredor estava às escuras. Caminhámos de mansinho até chegar à outra ala. Tivemos apenas tempo de vislumbrar o vulto alto, de barba preta, ombros para a frente, que caminhava na ponta dos pés, pelo corredor fora. Chegou então à mesma porta do outro dia e a luz da vela lançou um único raio amarelo no corredor. Para lá nos dirigimos cautelosamente, experimentando cada uma das tábuas, antes de nela ousarmos apoiar o peso do corpo. Tínhamos tido o cuidado de tirar os sapatos, mas, mesmo assim, o soalho rangia de vez em quando. Às vezes parecia impossível que ele não percebesse a nossa aproximação. Felizmente, o homem é mesmo surdo e, além disso, estava atento ao que fazia. Quando finalmente chegámos àquela determinada porta e espreitámos para dentro, vimos Barrymore agachado diante da janela, de vela na mão, o rosto ardente e pálido contra a vidraça, exactamente como eu o vira duas noites antes.

Não tínhamos plano de actuação, mas o baronete é um homem a quem a maneira mais directa de agir parece a mais natural. Entrou no quarto. Barrymore deu um salto, soltando uma exclamação ofegante, e ficou trémulo, diante de nós. Os seus olhos escuros, a brilhar na máscara lívida do rosto, estavam cheios de horror e espanto, enquanto olhava de Sir Henry para mim.

— Que está a fazer aqui, Barrymore?

— Nada, senhor, nada. — A sua agitação era tão grande que mal podia falar e as sombras projectadas pela vela subiam e desciam.

— *Vim à janela, senhor. Dou uma volta, todas as noites, para verificar se estão fechadas.*

— *No segundo andar?*

— *Sim, senhor; todas as janelas.*

— *Oiça, Barrymore — disse* Sir Henry *severamente. — Estamos dispostos a saber a verdade, de modo que, para evitar trabalho, quanto mais depressa nos contar, melhor. Vamos! Nada de mentiras. O que está a fazer aí nessa janela?*

O homem olhou-nos com ar desamparado, comprimindo as mãos, como se estivesse em dúvida e profundamente infeliz.

— *Não estava a fazer mal nenhum, senhor. Estava com a luz diante da janela.*

— *E porque estava a fazer tal coisa?*

— *Não me pergunte,* Sir Henry, *não me pergunte. Dou-lhe a minha palavra, senhor, de que não é meu o segredo e de que não posso contar. Se se tratasse de mim, dou-lhe a minha palavra que nada lhe esconderia.*

Ocorreu-me uma ideia súbita e peguei na vela que o mordomo colocara sobre o peitoril.

— *Ele devia estar a fazer qualquer sinal — disse eu. — Vejamos se há resposta.*

Segurei na vela, como o vira fazer, e fiquei a espreitar a escuridão da noite. Distingui vagamente o negro amontoado de árvores e a extensão da charneca, um pouco mais clara, pois havia Lua por detrás das nuvens. Nisto, soltei uma exclamação de júbilo, pois um pontinho de luz amarela surgira de repente no véu escuro, brilhando no centro do quadrado negro emoldurado pela janela.

— *Lá está! — gritei.*

— *Não, não, senhor, não é nada... nada — disse o mordomo. — Garanto, senhor...*

— *Mova a vela diante da vidraça,* Watson! *— exclamou o baronete. — Veja, a outra luz também se move. Agora, miserável,* *nega que seja um sinal? Vamos, fale! Quem é o seu cúmplice, lá adiante, e que conspiração é esta?*

A expressão do rosto de Barrymore tornou-se francamente de desafio.

— É assunto meu e não seu. Nada direi.

— Então deixará imediatamente esta casa.

— Muito bem, senhor. Se assim é, paciência.

— E sai da pior maneira. Com os diabos, você devia ter vergonha de si próprio. A sua família tem vivido com a minha há mais de cem anos, sob este tecto, e agora encontro-o a conspirar contra mim.

— Não, não, senhor, não é contra o senhor!

Uma voz de mulher dissera isto. Mais pálida e mais horrorizada do que o marido: a senhora Barrymore estava à porta. A sua figura pesada, de saia e xaile, pareceria cómica, se não fosse a intensidade da expressão do seu rosto.

— Temos de ir embora, Eliza. Acabou. Podes arrumar as nossas coisas — disse o mordomo.

— Oh, John, John, fui eu que lhe fiz isto! A culpa é minha, Sir Henry, toda minha. Ele só fez isto por minha causa e porque lhe pedi.

— Fale, então! Que significa?

— O meu pobre irmão está a morrer de fome, lá na charneca. Não podemos deixá-lo morrer à nossa porta. A vela é um sinal para dizer que a comida está pronta e, com a outra luz, ele indica o lugar onde devemos deixá-la.

— Então o seu irmão é...

— O bandido evadido, senhor... Selden, o criminoso.

— É verdade, senhor — confirmou Barrymore. — Eu disse que não era um segredo meu e que nada podia contar-lhe. Mas agora já sabe e pode ver que não se tratava de uma conspiração contra o senhor.

Era esta, então, a explicação das furtivas expedições à noite e da luz à janela. Sir Henry e eu olhámos, atónitos, para a mulher. Seria possível que aquela criatura respeitável tivesse o mesmo sangue de um dos mais célebres criminosos do país?

— Sim, senhor, o meu nome era Selden e ele é o meu irmão mais novo. Nós mimámo-lo demais, quando era pequeno, satisfazendo-lhe todas as vontades, até que ele se convenceu de que o mundo era seu e podia fazer o que bem entendesse. Depois, à medida que foi crescendo, começou com más companhias. Deu cabo de minha mãe e arrastou pela lama o nosso nome. Desceu cada vez mais, cometendo crime após crime, e somente a bondade de Deus permitiu que escapasse ao cadafalso. Mas, para mim, senhor, nunca deixou de ser o menino de cabelos encaracolados com quem brinquei e de quem cuidei, como costuma fazer a irmã mais velha. Foi por isso que ele fugiu da prisão, senhor. Sabia que eu estava perto e que não me recusaria a ajudá-lo. Quando se arrastou até aqui, uma noite, cansado e faminto, com os guardas no seu encalço, que poderíamos fazer? Demos-lhe abrigo, comida e carinho. Depois, o senhor voltou e o meu marido achou que ele estaria mais seguro no campo do que em qualquer outro lugar, até que tudo acalmasse. Lá está ele, escondido. Mas todas as noites procurávamos certificar-nos se ainda lá se encontrava, pondo uma luz na janela. Quando o sinal era correspondido, o meu marido levava-lhe carne e pão. Desejávamos, de cada vez, que já tivesse partido, mas, enquanto ali estivesse, não poderíamos abandoná-lo. É esta a verdade, juro por tudo o que é sagrado, e o senhor compreenderá que, se houver culpa, não é do meu marido, mas sim minha, pois foi por minha causa que ele agiu assim.

A mulher falava num tom ardente, que indicava sinceridade.

— É verdade, Barrymore?

— É, sim, Sir Henry. Palavra por palavra.

— Bom, não posso censurá-lo por ter ficado ao lado da sua mulher. Esqueça o que eu disse. Vá para o seu quarto e de manhã discutiremos o caso.

Depois que eles saíram, olhámos de novo pela janela. Sir Henry abrira-a completamente e o ar frio da noite bateu-nos em cheio no rosto. Ao longe, ainda brilhava aquele pontinho amarelo de luz.

— Não sei como ele tem coragem — observou Sir Henry.

— Talvez a vela esteja colocada de maneira a ser vista só daqui.

— Provavelmente. A que distância calcula você que esteja?

— Creio que perto de Cleft Tor.

— Então não está a mais de dois ou três quilómetros.

— Nem tanto.

— Bom, não deve ser muito longe, uma vez que Barrymore tinha de levar a comida até lá. E o miserável está à espera, junto da sua vela. Com os diabos, Watson, vou até lá, deitar a mão ao homem!

A ideia também me ocorrera. Não que Barrymore nos tivesse feito confidências. Tínhamos-lhe arrancado o segredo. O homem era um perigo para a comunidade, um bandido sem escrúpulos, para quem não havia desculpa nem devia haver piedade. Estaríamos apenas a cumprir o nosso dever, ao tentar mandá-lo regressar à prisão, onde não poderia prejudicar ninguém. Com o seu génio violento e brutal, outros sofreriam se não tentássemos apanhá-lo. Qualquer noite, os nossos vizinhos, os Stapleton, por exemplo, poderiam ser atacados por ele — e era talvez esse pensamento que incitava Sir Henry a interessar-se tanto pela aventura.

— Também vou — disse eu.

— Então vá buscar o seu revólver e calce as botas. Quanto mais depressa formos, melhor, pois o sujeito é capaz de apagar a luz e fugir.

Dali a cinco minutos, estávamos a caminho. Atravessámos rapidamente as moitas, no meio dos gemidos monótonos do vento de Outono e do sussurrar das folhas que tombavam. O ar da noite estava pesado, com cheiro a humidade e a coisas apodrecidas. De vez em quando, a Lua espreitava por um instante, mas as nuvens velavam a face do céu; assim que entrámos na charneca, uma chuvinha fina começou a cair. A luz ainda brilhava, à nossa frente.

— Está armado? — perguntei.

— Trouxe um chicote de caça.

— Temos de cercá-lo rapidamente, pois dizem que é um sujeito violento. Será apanhado de surpresa e ficará à nossa mercê, antes que possa resistir.

— Oiça, Watson, que pensaria Holmes? — perguntou o baronete. — Que me diz você das horas sombrias, em que os poderes do mal estão exaltados?

Como que em resposta, ergueu-se, no meio da imensa planície o grito estranho que eu já ouvira à beira do grande atoleiro de Grimpen. O vento transportou-o, através do silêncio da noite — murmúrio longo e profundo, que se transformou em rugido e, finalmente, no triste gemido com que sempre terminava. Repetiu-se depois, abalando a noite, estridente, selvagem e ameaçador. O baronete pegou-me na manga; o seu rosto, de tão pálido, pareceu brilhar na escuridão.

— Deus do céu, Watson, o que é isto?

— Não sei. É um som que existe na charneca. Já o ouvi, uma vez.

O som morreu e à nossa volta voltou a reinar silêncio absoluto. Esforçámo-nos por ouvir mais alguma coisa, mas o som não se repetiu.

— Watson, foi o urro de um sabujo — disse o baronete.

O sangue gelou-se-me nas veias, pois havia na sua voz uma nota que denunciava profundo terror.

— Que explicação dão para isto? — perguntou.

— Quem?

— As pessoas da região.

— Oh, é gente ignorante. Porque se importa com o que dizem?

— Conte-me, Watson. Que dizem eles?

Hesitei, mas não pude fugir a uma resposta.

— Dizem que é o uivar do Cão de Baskerville.

Sir Henry gemeu e ficou em silêncio por alguns segundos.

— Era um cão, sim — disse, finalmente. — Mas parecia estar a quilómetros de distância.

— É difícil dizer de onde vinha o som.

— Subia e descia com o vento. Não é a direcção do grande atoleiro de Grimpen?

— É, sim.

— Pois veio de lá. Vamos, Watson, não achou que também era um urro de sabujo? Não sou criança. Não tenha medo de dizer a verdade.

— Stapleton estava comigo quando ouvi isto da outra vez. Disse que poderia ser o grito de um pássaro estranho.

— Não, não, era um sabujo. Meu Deus, poderá haver um fundo de verdade nessas histórias? Será possível que eu corra perigo por tão sombria causa? Você não acredita, pois não, Watson?

— Não, não.

— Mas uma coisa era rir disto, em Londres, e outra é estar aqui na escuridão da planície e ouvir estes uivos. E o meu tio!... Havia a marca de um cão, no chão, a seu lado. Está tudo de acordo. Não me julgo cobarde, Watson, mas aquele som gelou-me o sangue nas veias. Veja a minha mão!

Estava fria como um bloco de mármore.

— Amanhã estará de novo bem.

— Não creio que aquele grito me saia dos ouvidos. Que me aconselha, agora?

— Vamos voltar?

— Não, com os diabos! Viemos apanhar o nosso homem e temos de o fazer. Estamos no rasto de um condenado e parece que um cão do

Inferno anda atrás de nós. Vamos. Iremos até ao fim, mesmo que todos os demónios do Inferno estejam soltos na planície.

Caminhámos lentamente, tropeçando, com os morros rochosos à nossa volta e a luzinha amarela brilhando em frente. Nada engana tanto como uma luz longínqua, na escuridão da noite; às vezes o brilho parecia estar no horizonte e outras vezes a poucos metros de nós. Finalmente pudemos ver de onde vinha; estávamos realmente muito perto. Havia uma vela enfiada numa fenda, flanqueada dos dois lados pela rocha, para ficar protegida do vento e também para não ser vista, a não ser da mansão de Baskerville. Um bloco de granito ocultava a nossa aproximação; agachados atrás dele, olhámos para a luz reveladora. Era estranho ver aquela vela solitária a brilhar, na charneca, sem sinal de vida ao lado — apenas a chama amarela e erecta, com a rocha de ambos os lados.

— *Que faremos agora?* — perguntou Sir Henry.

— *É melhor esperar aqui. Ele deve estar perto da vela. Vamos ver se conseguimos descobri-lo.*

Mal eu pronunciara essas palavras, ambos o vimos. No meio das rochas, na fenda onde estava a vela, surgiu um rosto diabólico, amarelo e animalesco, deformado por vis paixões. Sujo de lama, com uma barba sórdida e cabelos imundos; poderia ter pertencido àqueles selvagens que moravam em coelheiras, nas encostas dos morros. A luz por baixo dele reflectia-se nos olhos pequenos e sagazes, que olhavam ferozmente da direita para a esquerda, no escuro, como animal selvagem e astuto que tivesse ouvido passos de caçador.

Qualquer coisa despertara as suas suspeitas. Talvez Barrymore tivesse algum sinal convencionado, que não tínhamos podido fazer, ou talvez tivesse outras razões para desconfiar, mas notei medo no rosto mau. A qualquer momento, poderia apagar a luz e fugir, no meio da escuridão. Pulei, portanto, para a frente, e Sir Henry fez o mesmo. Nesse momento, o criminoso blasfemou contra nós e atirou-nos uma pedra, que bateu na rocha que nos protegia. Vi de relance o vulto atarracado, forte, que pulou e começou a correr. Por sorte, nesse momento a Lua surgiu por detrás de uma nuvem. Corremos em sua perseguição e vimos o homem do outro lado, a pular entre as pedras, com a agilidade de um cabrito montês. Com um tiro feliz eu talvez pudesse atingi-lo, mas viera armado apenas para me defender e não para atirar sobre um homem desarmado, que fugia.

Sir Henry e eu éramos bons corredores e estávamos em boa forma, mas depressa percebemos que não poderíamos alcançá-lo. Vimo-lo por muito tempo, até nada mais ser do que uma pequena mancha, movendo-se rapidamente no meio das rochas de um morro distante. Corremos até ficar sem fôlego, mas a distância entre ele e nós aumentava cada vez mais. Finalmente, parámos e ficámos sentados em duas rochas até vê-lo desaparecer.

Nesse momento, ocorreu a coisa mais estranha e mais inesperada deste mundo. Tínhamo-nos levantado e preparávamo-nos para voltar para casa, desistindo da perseguição. A Lua estava baixa, à direita, e o cume recortado de um morro de granito desenhava-se contra a curva inferior do círculo de prata. Ali, negro qual estátua de bronze, vi a silhueta de um homem alto, contra o fundo claro e luminoso. Não pense que foi ilusão de óptica, Holmes. Garanto que nunca em toda a minha vida vi mais nitidamente. Pelo que pude julgar, era o vulto de um homem alto e magro. Estava de pernas ligeiramente entreabertas, braços cruzados, cabeça baixa, como que pensativo, olhando a extensão de turfa e granito à sua frente. Parecia o espírito daquele lugar terrível. Não era o criminoso. O homem estava muito longe do lugar onde desaparecera o bandido. Além disso, era muito mais alto. Com uma exclamação de surpresa, mostrei-o ao baronete, mas, no momento em que agarrei no braço do meu amigo, o vulto desapareceu. Lá estava o cume agudo do morro, cortando a parte inferior da Lua, mas não havia vestígios do homem imóvel e silencioso.

Desejei ir naquela direcção para investigar, mas ficava um pouco distante. Os nervos do baronete ainda estavam abalados pelos uivos do cão, que lembravam a negra história da sua família, e ele não se encontrava em estado de se lançar em novas aventuras. Não vira o homem solitário e não podia sentir a emoção que aquela estranha presença me causara.

— Um guarda, com certeza — disse ele. — A planície está cheia deles, desde que o sujeito fugiu.

Pois bem, talvez a explicação fosse essa, mas eu gostaria de ter tirado tudo a limpo. Temos a intenção de avisar hoje a directoria da prisão de Princetown, para que eles saibam onde procurar o bandido, mas é duro saber que não conseguimos apanhá-lo, triunfantes.

São estas as aventuras de ontem à noite e deve concordar, caro Holmes, que tenho feito tudo para pô-lo a par dos acontecimentos. Muitas das coisas que lhe contei talvez lhe pareçam sem importância, mas achei interessante dizer-lhe tudo e deixar a selecção por sua conta. Não há dúvida de que estamos a fazer progressos. No tocante ao casal Barrymore, sabemos a razão dos actos e isto desanuviou bastante a situação. Mas a charneca, com os seus mistérios e os seus estranhos habitantes, continua inescrutável. É possível que, no meu próximo relatório, possa lançar um raio de luz sobre este ponto também. Mas melhor seria se você pudesse vir para perto de nós.

CAPÍTULO

10

EXTRACTOS DO DIÁRIO DO DOUTOR WATSON

Até aqui, tenho citado os factos, de acordo com os relatórios que mandei a Sherlock Holmes. Chego agora a um ponto da narrativa, onde me vejo obrigado a abandonar este método e confiar nas recordações, ajudado pelo diário que mantive na ocasião. Alguns trechos conduzir-me-ão às cenas que estão indelevelmente gravadas na minha memória. Continuarei, portanto, do ponto onde parei, isto é: a manhã seguinte à fracassada caça ao criminoso e às outras estranhas aventuras na planície.

16 de Outubro.

Dia feio e nublado, chuvinha fina. A casa está cercada de nuvens movediças, que de vez em quando se erguem para nos mostrar as lúgubres curvas da charneca, as veiazinhas de prata nas encostas dos morros e os seixos distantes, que brilham nos pontos onde a luz bate na superfície molhada. Há melancolia dentro e fora de casa. O baronete teve uma sombria reacção, após a excitação da noite passada. Também eu sinto um peso na alma, o pressentimento

123

de um perigo sempre presente, tanto mais terrível quanto não me é possível defini-lo.

Não terei razão para assim sentir? Consideremos esta longa cadeia de incidentes que apontam todos para uma sinistra influência à nossa volta. A morte do último dono da mansão, tão de acordo com as indicações da lenda, as repetidas asserções dos camponeses a respeito de um ser estranho, na charneca. Duas vezes ouvi, com os meus próprios ouvidos, o som que parece o distante lamento de um sabujo. É incrível, impossível que tudo isto esteja realmente fora das leis comuns da Natureza. Um cão fantástico, que deixa marcas materiais e enche o ar com os seus gritos, não é admissível. Stapleton pode acreditar nisto, e Mortimer também, mas... se tenho alguma qualidade, é o bom senso — nada me levará a acreditar em tal coisa. Crer seria descer ao nível desses pobres camponeses, que não se contentam apenas com um cão diabólico, mas ainda o descrevem como soltando fogo pela boca e pelos olhos. Holmes não daria ouvidos a esses disparates e eu sou o seu representante. Mas factos são factos e duas vezes ouvi uivos na planície. Suponhamos que exista realmente um cão enorme, solto por aí — isto explicaria muita coisa. Mas como poderia permanecer oculto, onde arranjaria comida, de onde viria e como seria possível que só o vissem à noite? Confesso que a explicação natural oferece as mesmas dificuldades da sobrenatural. E, além do cão, existe o factor humano, aquele homem de barba negra que vimos no carro, em Londres, e a carta a avisar *Sir* Henry do perigo que havia na charneca. Isto, pelo menos, foi real!... Mas, tanto poderia ter sido o aviso de um amigo, como a ameaça de um inimigo. Onde está agora esse inimigo? Ficou em Londres ou seguiu-nos até aqui? Poderia ele ser... ser o estranho que vi de pé, no alto do morro?

É verdade que o vi de relance, mas há coisas que eu poderia jurar. Não é pessoa que eu tenha visto aqui, pois agora já conheço todos os vizinhos. O vulto era muito mais alto do que Stapleton, muito mais magro do que Frankland. Podia ter sido Barrymore, mas nós deixáramo-lo em casa e tenho a certeza de que não podia ter vindo atrás de nós. Então, há um estranho que nos persegue, assim como um estranho nos perseguiu em Londres. Nunca o despistámos. Se eu pudesse deitar as mãos a esse homem, talvez chegássemos ao fim das nossas dificuldades. A isto devo dedicar agora as minhas energias.

O primeiro impulso foi contar os meus planos a *Sir* Henry. O segundo e mais sábio foi agir sozinho e falar o menos possível. Ele anda silencioso e distraído. Os seus nervos ficaram abalados devido àquele estranho som, na charneca. Nada direi que possa aumentar a sua preocupação, e trabalharei sozinho, para alcançar o meu objectivo.

Tivemos uma cenazinha, hoje, depois do pequeno-almoço. Barrymore pediu para falar a *Sir* Henry e ficaram fechados no escritório durante algum tempo. Sentado no salão de bilhar, mais de uma vez ouvi som de vozes que se erguiam e desconfiei do assunto em discussão. Dali a algum tempo, o baronete abriu a porta e chamou-me.

— Barrymore acha que tem motivos de queixa — disse ele. — Considera injusto da nossa parte perseguirmos o criminoso, quando ele, de livre vontade, nos contou o segredo.

O mordomo estava de pé diante de nós, muito pálido e controlado.

— Talvez me tenha exaltado, senhor — disse ele. — Nesse caso, peço-lhe desculpas. Por outro lado, fiquei muito admirado, quando vi os senhores regressarem de madrugada e fiquei a saber que tinham ido atrás de Selden. O pobre já tem muito com que lutar, sem que seja necessário que eu ponha mais gente no seu encalço.

— Se você nos tivesse contado espontaneamente, teria sido diferente — observou *Sir* Henry. — Mas só nos contou, ou antes, a sua mulher contou-nos, quando se viram forçados a isso.

— Não pensei que fosse aproveitar-se disso, *Sir* Henry, verdade que não pensei.

— O homem é uma ameaça pública. Há casas isoladas na planície, e ele é um sujeito que não se detém diante de coisa alguma. Basta a gente olhar para o seu rosto, para ter a certeza disso. Veja, por exemplo, a casa do senhor Stapleton, onde só existe ele para a defender. Ninguém estará seguro, até o homem ser preso...

— Ele não entrará em casa alguma, senhor, dou-lhe a minha palavra de honra. E nunca mais aborrecerá ninguém, nesta região. Garanto, *Sir* Henry, que dentro de poucos dias estarão prontos os preparativos para que siga para a América do Sul. Pelo amor de Deus, senhor, suplico-lhe que não deixe que a polícia saiba que ele se encontra na charneca. Já desistiram da busca ali, e assim poderá ficar sossegado até à hora de embarcar no vapor. O senhor não poderá denunciá-lo sem me comprometer e à minha mulher. Suplico-lhe, senhor, que nada conte à polícia.

— Que diz você, Watson?

Encolhi os ombros.

— Se ele sair do país, será um alívio para os que pagam impostos — respondi.

— Mas, e se assaltar alguém antes de partir?

— Ele não faria uma loucura dessas, senhor. Já lhe demos tudo aquilo de que precisa. Cometer um crime seria denunciar o seu esconderijo.

— Isso é verdade — disse *Sir* Henry. — Bem, Barrymore...

— Deus o abençoe, senhor, e obrigado, de todo o coração. A minha mulher morreria se ele fosse preso novamente.

— Creio que estamos a ser cúmplices, hã, Watson? Mas depois do que ouvi, não me sinto com coragem de entregá-lo à polícia, e está decidido. Muito bem, Barrymore, pode ir.

Com algumas palavras de gratidão, o homem afastou-se, mas depois hesitou e voltou.

— O senhor tem sido tão bom para nós que gostaria de fazer alguma coisa, em retribuição. Sei de um facto, *Sir* Henry, e talvez devesse ter falado, mas só vim a sabê-lo muito depois do inquérito. Nunca disse palavra a quem quer que fosse. É a respeito da morte do pobre *Sir* Charles.

O baronete e eu pusemo-nos de pé.

— Sabe como é que ele morreu?

— Não, senhor, isso não sei.

— Então?

— Sei por que motivo estava ao portão, àquela hora. Foi ao encontro de uma mulher.

— De uma mulher? Ele?

— Sim, senhor.

— E o nome da mulher?

— Não sei o nome, senhor, mas posso dizer-lhe as iniciais. Eram L.L.

— Como sabe disto, Barrymore?

— Pois bem, *Sir* Henry, o seu tio recebeu uma carta, naquela manhã. Geralmente recebia muitas cartas, pois era um homem de projecção e conhecido pelos seus bons sentimentos, de modo que as pessoas que se viam em dificuldades procuravam-no. Mas aconteceu que naquela manhã só havia uma carta, de modo que me chamou a atenção. Vinha de Coombe Tracy e estava endereçada com letra de mulher.

— E então?

— Então, senhor, não pensei mais nisso e nunca mais teria pensado, se não fosse a minha mulher. Há alguns dias, estava ela a limpar o escritório de *Sir* Charles (não tinham mexido ali desde a sua morte) e encontrou as cinzas de uma carta, no fundo da lareira. A maior parte estava queimada, mas um pedacinho, o fim de uma página, ainda podia ser lido. Parecia um *post scriptum* e dizia: «Por favor, por favor, se for um cavalheiro, queime esta carta e esteja ao portão, às dez horas.» Em baixo, havia as iniciais L.L.

— Guardou esse pedacinho de papel?

— Não, senhor, desfez-se todo, quando lhe toquei.

— *Sir* Charles tinha recebido outras cartas, com a mesma letra?

— Pois bem, nunca reparei muito na sua correspondência. Só notei esta, porque naquele dia foi a única.

— E não faz ideia de quem seja L.L.?

— Não, senhor, nenhuma. Mas creio que, se pudéssemos encontrar essa senhora, saberíamos mais alguma coisa a respeito da morte de *Sir* Charles.

— Não compreendo, Barrymore, como ocultou esse facto.

— Pois bem, senhor, foi logo depois disto que tivemos os nossos próprios aborrecimentos. Além do mais, a minha mulher e eu gostávamos muito de *Sir* Charles e não podíamos esquecer tudo o que fez por nós. O facto de desenterrar estas coisas não iria ressuscitar o nosso patrão e é sempre bom agir com cuidado, quando há uma senhora envolvida no caso. Mesmo o melhor de nós...

— Achou que prejudicaria a reputação do morto?

— Pois bem, senhor, achei que não haveria vantagem em falar. Mas o senhor tem sido tão bom para nós, que não achei justo deixar de lhe contar tudo o que sei sobre o caso.

— Muito bem, Barrymore, pode ir.

Depois que o mordomo saiu, *Sir* Henry virou-se para mim.

— Então, Watson, que me diz deste novo dado?

— Parece tornar o caso mais obscuro ainda.

— Também acho. Mas, se pudéssemos descobrir L.L., muitas coisas se esclareceriam. Pelo menos há essa vantagem. Se conseguirmos encontrá-la, teremos então uma pessoa que conhece os factos. Que devemos fazer?

— Participar a Holmes imediatamente. Isto irá dar-lhe a pista que ele procura. Ou muito me engano, ou ele aparecerá por aqui.

Fui para o quarto e fiz um relatório da conversa da manhã, para enviar a Holmes. Era evidente que andava muito ocupado, pois os bilhetes que me vinham de Baker Street eram poucos e breves, sem comentários sobre as informações que eu lhe mandava e sem referência alguma à minha missão. Provavelmente o caso de chantagem continuava a absorver todo o seu tempo. Mas este novo factor chamaria a sua atenção e renovaria o seu interesse. Eu muito desejaria que ele estivesse aqui.

17 de Outubro.

A chuva continuou todo o dia, fazendo sussurrar a hera e caindo pelas goteiras. Pensei no condenado, lá na charneca fria, desabrigado e melancólico. Pobre homem! Sejam quais forem os seus crimes, ele tem sofrido para pagar por alguns. Depois, pensei no outro, naquele rosto que víramos no carro, e no vulto contra a Lua. Estaria ele também no meio do dilúvio, o vigilante invisível, o homem das sombras?

À tarde, vesti o meu impermeável e caminhei pelo campo, cheio de sombrios pensamentos, a chuva a bater-me no rosto e o vento a soprar-me nos ouvidos. Que Deus ajude aqueles que andarem agora pelo grande atoleiro de Grimpen, pois até a terra firme estava a transformar-se em charco! Encontrei a rocha negra, onde vira o observador solitário, e do seu cume rochoso olhei para a extensão melancólica. Rajadas de chuva varriam a superfície avermelhada e nuvens cor de ardósia pairavam, muito baixas, com as suas caudas cinzentas, pelas encostas dos morros fantásticos. Na depressão distante, à esquerda, semioculta pelo nevoeiro, vi a mansão de Baskerville, com as suas duas torres finas erguendo-se acima do arvoredo. Eram os únicos sinais de vida que eu podia ver, a não ser as cabanas pré-históricas, que se amontoavam na encosta dos morros. Em parte alguma havia sinal do homem solitário que eu ali vira, duas noites antes.

Ao voltar, encontrei-me com o doutor Mortimer que, na sua charrete, saía da estrada que vinha da quinta de

Foulmire. Ele tem sido muito atencioso connosco e não se passa um dia sem que venha à mansão saber notícias. Insistiu para que eu subisse e trouxe-me até aqui. Vi que estava muito preocupado com o desaparecimento do seu cão. O animal saíra para a charneca e nunca mais voltara. Procurei consolá-lo, mas lembrei-me do potro, no atoleiro de Grimpen, e creio que não voltará a ver o seu cãozinho.

— Por falar nisto, Mortimer — disse eu, enquanto seguíamos, sacolejando. — Creio que há poucas pessoas, aqui nas redondezas, que você não conheça, não é verdade?

— Creio que nenhuma.

— Pode dizer-me, então, se há uma mulher que tenha as iniciais L.L.?

Ele reflectiu alguns minutos.

— Não — respondeu. — Há alguns ciganos e trabalhadores que não conheço, mas entre os camponeses ou pessoas de categoria ninguém tem essas iniciais. Espere um pouco... — acrescentou, após uma pausa. — Há Laura Lyons, as suas iniciais são L.L., mas reside em Coombe Tracy.

— Quem é ela? — perguntei.

— É filha do Frankland.

— O quê? Do Frankland maluco?

— Exactamente. Casou-se com um artista francês, chamado Lyons, que veio pintar, aqui na charneca. Era um tarado e abandonou-a. Pelo que ouvi dizer, não foi o único culpado. O pai não quis saber dela, porque se casara sem o seu consentimento, ou talvez por mais um ou dois motivos. Por isso, entre os dois pecadores, o novo e o velho, a rapariga tem sofrido bastante.

— Como é que ela vive?

— Creio que o velho dá uma ninharia, mas não pode dar mais, porque está em má situação financeira. Por pior que ela tenha agido, não podíamos permitir que resvalasse mais ainda. A sua história tornou-se conhecida e as pessoas daqui procuraram ajudá-la a ganhar honestamente a vida. Stapleton e *Sir* Charles contribuíram. Também eu dei alguma coisinha. Ela abriu um pequeno escritório de dactilografia.

Mortimer quis saber a razão das minhas perguntas, mas consegui satisfazer-lhe a curiosidade sem lhe contar muito, pois não há motivo para confiarmos em quem quer que seja. Amanhã cedo irei a Coombe Tracy e, se puder falar com essa Laura Lyons de reputação equívoca, dar-se-á um grande passo no sentido de esclarecer um incidente na cadeia de mistérios. Estou, sem a menor dúvida, a tornar-me astucioso, pois quando as perguntas de Mortimer eram inconvenientes, perguntei-lhe a que tipo pertencia o crânio de Frankland, de modo que não ouvi outra coisa a não ser craniologia, durante o resto do trajecto. Não é impunemente que convivo com Sherlock Holmes!

Só tenho mais um incidente a registar neste dia longo e melancólico, isto é, a minha conversa com Barrymore, ainda há pouco, que me forneceu mais um bom trunfo que poderei jogar na ocasião oportuna.

Mortimer ficara para jantar e, depois, ele e *Sir* Henry foram jogar *écarté*. O mordomo trouxe-me o café à biblioteca e aproveitei a ocasião para lhe fazer algumas perguntas.

— Então, o seu precioso cunhado partiu, ou ainda anda a vaguear por aí?

— Não sei, não, senhor. Espero por tudo que tenha partido, pois só nos trouxe aborrecimentos! Não soube dele desde que lhe levei comida, da última vez, e isso foi há três dias.

— Viu-o, nesta ocasião?

— Não, senhor. Mas a comida tinha desaparecido, quando passei de novo pelo local.

— Então ele ainda deve andar por lá?

— É o que parece, senhor, a não ser que o outro homem tenha tirado a comida.

Fiquei com a chávena parada, a caminho dos lábios e olhei fixamente para Barrymore.

— Então você sabe que há outro homem?

— Sim, senhor, há outro homem na charneca.

— Viu-o?

— Não, senhor.

— Como é que sabe, então?

— Selden falou-me dele, senhor, há mais ou menos uma semana. Está escondido também, mas não é condenado, pelo que me consta. Não estou a gostar disto, doutor Watson, digo-lhe francamente que não estou a gostar nada — disse o mordomo, com súbita intensidade.

— Escute, Barrymore, não tenho outro interesse no caso a não ser o do seu patrão. O que me trouxe aqui foi só o desejo de servi-lo. Diga-me francamente de que é que não está a gostar.

Barrymore hesitou por um momento, como se estivesse arrependido do seu impulso, ou tivesse dificuldade em exprimir-se.

— Aquelas idas e vindas, senhor — exclamou finalmente, indicando a janela, batida pela chuva, que dava para a planície. — Há ali algum mal, e está a fermentar qualquer vilania, disso tenho a certeza. Muito gostaria de ver *Sir* Henry voltar para Londres.

— Mas porque se alarma dessa maneira?

— Veja a morte de *Sir* Charles! Já foi muito triste, dissesse o delegado o que dissesse. Pense nos ruídos da charneca, à noite. Não há homem que ouse atravessá-la, após o cair da tarde, mesmo que seja pago para isso. Pense no homem desconhecido, lá adiante, vigiando e esperando O que espera ele? Que significa tudo isto? Não significa nada de bom para quem tenha o nome de Baskerville, e muito satisfeito ficarei no dia em que chegarem os novos criados para me substituírem na mansão.

— Mas a respeito desse desconhecido — insisti —, pode dizer-me alguma coisa sobre ele? Que diz Selden? Descobriu onde se esconde o outro e o que está a fazer?

— Viu-o uma ou duas vezes, mas Selden é um sujeito fechado e quase nada conta. A princípio pensou que fosse alguém da polícia, mas descobriu que ele tinha algum plano. É um cavalheiro, pelo que lhe pareceu, mas não conseguiu descobrir o que andava a fazer.

— E onde está a viver?

— Nas velhas casotas, na encosta da colina, as casinhas de pedra onde viviam os antigos.

— Mas, e a comida?

— Selden descobriu que há um rapazinho que trabalha para ele e que lhe leva tudo aquilo de que precisa. Com certeza vai a Coombe Tracy, quando quer alguma coisa.

— Muito bem, Barrymore. Tornaremos a falar disto noutra ocasião.

Depois de o mordomo ter saído, aproximei-me da janela negra e, pela vidraça embaciada, olhei as nuvens que corriam e as árvores sacudidas pelo vento. Noite triste, dentro de casa, pensei, mas o que não será para quem estiver numa casota de pedra, na montanha? Que carga de ódio terá levado o homem a vigiar, num lugar daqueles, com tempo tão miserável? E que misterioso objectivo exigirá tão grande provação? Lá, na casota da montanha, parece viver o cerne do problema que tanto nos preocupa. Juro que não terminará outro dia sem que eu faça tudo o que um homem puder fazer para chegar ao coração do enigma.

CAPÍTULO

11

O HOMEM NA ROCHA

O texto do meu diário que constituiu o último capítulo levou a minha narrativa ao dia 18 de Outubro, data em que os estranhos acontecimentos começaram a avançar para o seu terrível desenlace. Os incidentes do dia seguinte estão indelevelmente gravados na minha memória, e posso narrá-los sem recorrer às notas, que tomei na ocasião. Começarei, então, pelo dia seguinte àquele em que ficaram estabelecidos dois factos de grande importância — o primeiro, que Laura Lyons escrevera a *Sir* Charles Baskerville, a marcar encontro no lugar e à hora em que ele morreu; o segundo, que o homem misterioso se escondia nas casotas de pedra, na encosta do morro. De posse desses dois factos, achei que ou a minha inteligência ou a minha coragem seriam deficientes, se não conseguisse lançar uma luz nesses pontos obscuros.

Não tinha tido oportunidade de contar a *Sir* Henry, na noite anterior, o que soubera a respeito de Laura Lyons, pois o doutor Mortimer ficara a jogar com ele até tarde. Mas à hora do café, no dia seguinte, informei-o da minha descoberta e perguntei-lhe se desejava acompanhar-me a Coombe Tracy. A princípio mostrou um grande desejo de ir, mas, reflectindo melhor, achámos que talvez eu obtivesse mais resultados se fosse sozinho. Quanto mais formal fosse a visita, menos informações obteríamos. Deixei *Sir* Henry em casa, não sem dor de consciência, e parti.

Ao chegar a Coombe Tracy, disse a Perkins que desse descanso aos cavalos e fui procurar saber a direcção da senhora que eu desejava interrogar. Não tive dificuldade em encontrar a sua residência, que era no centro, bem localizada. Uma criada introduziu-me sem cerimónia. Quando entrei na sala, a senhora que estava sentada diante de uma *Remington* levantou-se vivamente, com um sorriso de boas-vindas. A sua expressão mudou, quando viu que se tratava de um estranho. Sentou-se novamente e perguntou-me qual o fim da minha visita.

A primeira impressão que ela causava era de grande beleza. Os olhos e os cabelos possuíam o mesmo belo tom castanho e as faces, embora manchadas de sardas, tinham o colorido das morenas, o tom avermelhado que vive no coração de uma rosa. A minha primeira impressão foi, pois, de admiração. A segunda, de crítica. Havia qualquer coisa de subtilmente errado naquele rosto, uma vulgaridade de expressão, uma dureza no olhar, talvez um descair dos lábios, que faziam com que a beleza perfeita ficasse prejudicada. Mas, naturalmente, estes pensamentos são posteriores. Na altura eu sabia, apenas, que estava na presença de uma mulher extremamente bela, que me perguntava o objectivo da minha visita. Até àquele momento, eu ainda não compreendera quanto era delicada a minha missão.

— Tenho o prazer de conhecer o seu pai — disse eu. Foi uma desastrada introdução e a jovem fez-mo sentir.

— Nada há em comum entre mim e meu pai — replicou ela. — Nada lhe devo e os seus amigos não são meus amigos. Se não fosse devido ao falecido *Sir* Charles Baskerville e a outros corações generosos, eu poderia ter morrido de fome, que a ele tanto se lhe dava.

— É para falar sobre *Sir* Charles Baskerville que vim procurá-la.

As sardas sobressaíram mais ainda no rosto da senhora Lyons.

— Que lhe posso dizer dele? — perguntou, batendo nervosamente com as pontas dos dedos na máquina de escrever.

— A senhora conhecia-o, não conhecia?

— Já disse que muito devo à sua bondade. Se hoje sou capaz de me sustentar, devo-o, em grande parte, ao interesse que ele mostrou pela minha infeliz situação.

— Correspondia-se com ele?

A mulher ergueu vivamente a cabeça, com um brilho colérico nos olhos castanhos.

— Qual é o objectivo dessas perguntas? — exclamou asperamente.

— Evitar um escândalo. É melhor perguntar agora do que mais tarde, quando o caso já não estiver nas nossas mãos.

Ela ficou em silêncio, muito pálida. Finalmente ergueu os olhos, com expressão de desafio.

— Bem, responderei. Quais são as perguntas?

— Correspondia-se com *Sir* Charles?

— Escrevi-lhe uma ou duas vezes, para agradecer a sua delicadeza e generosidade.

— Sabe a data dessas cartas?

— Não sei.

— Teve encontros com ele?

— Sim, uma ou duas vezes, quando veio a Coombe Tracy. Era muito reservado e preferia fazer o bem sem aparecer.

— Mas, se lhe escreveu tão raramente e se ele a viu tão poucas vezes, como se explica que conhecesse os seus problemas a ponto de ajudá-la, como a senhora diz que a ajudou?

Ela esclareceu este ponto imediatamente.

— Muitos cavalheiros conheciam a minha triste história e uniram-se para me auxiliar. Um deles foi o senhor Stapleton, vizinho e íntimo amigo de *Sir* Charles. É muito bondoso e foi por seu intermédio que *Sir* Charles ficou a saber da minha situação financeira.

Eu já sabia que *Sir* Charles encarregara várias vezes Stapleton de distribuir os seus donativos, de modo que as palavras de Laura Lyons pareciam verdadeiras.

— Escreveu alguma vez a *Sir* Charles, a marcar-lhe um encontro?

De novo ela corou, encolerizada.

— Realmente, senhor, é uma pergunta extraordinária.

— Sinto muito, minha senhora, mas sou obrigado a insistir.

— Então respondo: claro que não.

— Nem mesmo no dia da morte de *Sir* Charles?

O rubor do rosto foi substituído por uma palidez mortal. Os lábios secos não puderam pronunciar o «Não» que eu mais vi do que ouvi.

— Com certeza a sua memória a engana — disse eu. — Posso mesmo citar um trecho da carta: «Por favor, por favor, se for um cavalheiro, queime esta carta e esteja no portão, às dez horas.»

Pensei que ela fosse desmaiar, mas dominou-se com um esforço supremo.

— Será que neste mundo não existe um cavalheiro? — exclamou ofegante.

— Está a ser injusta para com *Sir* Charles — repliquei. — Ele *queimou* a carta. Mas às vezes uma carta pode continuar legível, mesmo depois de queimada. Confessa que a escreveu?

— Sim, escrevi — respondeu ela, desabafando a alma numa torrente de palavras. — Escrevi. Porque hei-de negá-lo? Não tenho de que me envergonhar. Queria que ele me ajudasse. Achava que, se conseguisse uma entrevista, *Sir* Charles me ouviria, de modo que pedi que viesse ao meu encontro.

— Mas porquê àquela hora?

— Porque acabava de saber que ele ia para Londres no dia seguinte e poderia demorar-se meses. Havia razões que me impediam de lá chegar mais cedo.

— Mas, porquê uma entrevista no jardim, em vez de uma visita à mansão?

— Acha que uma mulher podia ir só, àquela hora, a casa de um homem solteiro?

— Pois bem, que aconteceu, quando lá chegou?

— Não fui.

— Senhora Lyons!

— Não fui, juro-lhe pelo que tenho de mais sagrado. Não fui. Houve um impedimento.

— Que impedimento foi esse?

— É um assunto particular. Não posso dizer.

— Reconhece, então, que marcou encontro com *Sir* Charles à hora e no local da sua morte, mas nega que tenha comparecido?

— É esta a verdade.

Interroguei-a várias vezes, mas não consegui apanhá-la em contradição. Ergui-me, dizendo:

— Senhora Lyons, a senhora está a tomar uma grande responsabilidade e a colocar-se numa posição falsa, não contando tudo o que sabe. Se eu pedir o auxílio da polícia, verá como está seriamente comprometida. Se está inocente, porque negou, a princípio, que tivesse escrito a *Sir* Charles?

— Temi que tirassem conclusões erradas e me visse envolvida num escândalo.

— E porque fazia tanta questão de que *Sir* Charles destruísse a carta?

— Se a leu, o senhor deve saber porquê.

— Não li a carta toda.

— Citou um trecho — disse ela.

— Citei o *post scriptum.* A carta, como já disse, fora queimada e não era toda legível. Pergunto-lhe mais uma vez, porque fazia tanta questão de que *Sir* Charles destruísse a carta que recebeu no dia da sua morte?

— É um assunto particular.

— Mais uma razão para querer evitar uma investigação pública.

— Vou contar-lhe, então. Se é que ouviu alguma coisa sobre a minha infeliz história, deve saber que fiz um casamento irreflectido e que tive razões para disto me arrepender.

— Foi o que me contaram.

— A minha vida tem sido uma constante perseguição, por parte de um marido que detesto. A lei está do seu lado e todos os dias entrevejo a possibilidade de ele querer forçar-me a voltar para a sua companhia. Quando escrevi a

Sir Charles, eu tinha conhecimento de que havia a probabilidade de recuperar a liberdade, se pudesse arcar com as despesas. Isto significava tudo para mim: tranquilidade de espírito, felicidade, respeito próprio... tudo, enfim. Conhecia a generosidade de *Sir* Charles e achei que, se ele ouvisse a minha história, dos meus próprios lábios, me ajudaria.

— Então, porque não foi à entrevista?

— Porque, neste meio tempo, recebi auxílio de outro lado.

— Então, porque não escreveu a *Sir* Charles, a explicar o que acontecera?

— Era o que teria feito, se não visse a notícia da sua morte no jornal, no dia seguinte.

A história era coerente e nenhuma das minhas perguntas conseguiu fazer com que a mulher caísse em contradição. Eu só poderia tirar a prova verificando se de facto ela instituíra um processo de divórcio contra o marido, na ocasião da tragédia.

Não era possível ela afirmar que não fora a Baskerville, se tivesse ido. Para isto precisaria de ter tomado uma charrete e não poderia ter voltado para Coombe Tracy antes do amanhecer. Tal excursão não se manteria secreta. A probabilidade, portanto, era de a senhora Lyons estar a dizer a verdade, ou, pelo menos, parte da verdade. Saí de lá perplexo e esmorecido. Mais uma vez chegara a um muro alto, que parecia obstruir todos os caminhos, quando tentava atingir o objectivo da minha missão.

Apesar disto, quanto mais me lembrava do rosto da senhora Lyons, mais forte se tornava a minha impressão de que ela me ocultara qualquer coisa. Porque ficara tão pálida? Porque se recusara a dizer a verdade, até eu conseguir arrancá-la dos seus lábios? Porque ficara calada, na ocasião da tragédia? Com certeza a explicação não era tão inocente como ela desejaria que eu acreditasse. De momento, eu não podia avançar naquela direcção, e tinha de me voltar para a outra pista, que parecia existir nas casotas de pedra dos morros.

E isto era muito vago. Foi o que compreendi quando, ao voltar, vi em vários morros sinais de que lá morara um povo antigo. Barrymore dissera apenas que o homem desconhecido morava numa daquelas casinhas abandonadas — e havia centenas espalhadas pelos morros. Mas eu tinha a minha própria experiência como guia, já que vira o homem no cume de Blake Tor. Ali, portanto, iniciaria a minha busca. Depois, exploraria todas as casotas, uma a uma, até encontrar o que procurava. Se o homem estivesse lá dentro, eu faria com que me contasse (sob a ameaça de um revólver, se fosse preciso) quem era ele e porque nos perseguia há tanto tempo. Ele poderia fugir-nos no meio do povo, em Regent Street, mas seria mais difícil escapar-me, ali na charneca deserta. Por outro lado, se eu encontrasse a casota e o ocupante estivesse ausente, ficaria ali, por mais longa que fosse a espera, até vê-lo voltar. Holmes perdera-o de vista, em Londres. Seria um triunfo, para mim, desmascará-lo, depois de o meu mestre ter fracassado.

A sorte estivera contra nós desde o princípio, mas finalmente veio em meu auxílio. O mensageiro da boa sorte não foi outro senão o senhor Frankland, que, rubro e de suíças grisalhas, estava de pé ao portão do seu jardim, que dava para a estrada real por onde eu ia a passar.

— Bom dia, doutor Watson — exclamou, com desusado bom humor. — Precisa de dar descanso ao cavalo. Entre para tomar um copo de vinho e felicitar-me.

Os meus sentimentos estavam longe de lhe serem favoráveis, depois que soubera da sua maneira de tratar a filha, mas estava aflito para mandar Perkins e o carro para casa, de modo que a ocasião pareceu-me propícia. Desci e mandei dizer a *Sir* Henry que voltaria a pé e chegaria a tempo para o jantar. Depois, acompanhei Frankland até à sala de jantar.

— É um grande dia para mim, senhor, um dos maiores da minha vida — exclamou ele, estalando a língua. — Consegui realizar dois feitos. Quero ensinar a essa gente que lei é lei e que há aqui um homem que não tem medo de fazer com que seja respeitada. Consegui estabelecer uma servidão de passagem no meio do parque do velho Middleton, bem no meio, doutor Watson, a cem metros da porta da sua casa! Que me diz?... Isto ensinará esses magnates a não desprezarem os direitos dos pobres, que diabo! E fechei o bosque, onde o pessoal de Fernworthy costumava fazer piqueniques. Essa gente pensa que não existe direito de propriedade e que pode fervilhar por toda a parte, com as suas garrafas e papéis de embrulho. Os dois casos resolvidos, doutor Watson, e ambos a meu favor. Não tive outro dia mais feliz, desde que apanhei *Sir* John Morland, como transgressor, por ter caçado nas suas próprias terras!

— Mas como diabo conseguiu isso?

— Veja o processo, vale a pena lê-lo. Frankland *v.* Morland Court of Queen's Bench. Custou-me duzentas libras, mas consegui o meu veredicto.

— Teve alguma vantagem?

— Não, senhor, nenhuma. Sinto orgulho em dizer que não tinha o menor interesse no caso. Ajo inteiramente por dever cívico. Não duvido, por exemplo, de que o povo de

Fernworthy queime hoje a minha efígie. A última vez que fizeram isso, eu disse à polícia do condado que devia pôr cobro a essas vergonhosas exibições. A polícia do condado anda em mísero estado, senhor, e não me oferece a protecção que me é devida. O caso Frankland *v.* Regina chamará a atenção do público. Eu disse à polícia que eles haviam de se arrepender da sua maneira de me tratar, e as minhas palavras já estão a bater certo.

— Como assim? — perguntei.

O velho teve uma expressão astuta.

— Porque eu poderia dizer-lhes aquilo que estão loucos por saber, mas nada me induzirá a ajudar de novo aqueles miseráveis.

Eu procurava uma desculpa para escapar àqueles falatórios, mas então fiquei com vontade de ouvir mais. Conhecia suficientemente o velho pecador, para saber que a maneira mais certa de interromper as confidências seria mostrar interesse.

— Caso de caça em terreno proibido, com certeza? — perguntei com displicência.

— Ah, ah! Meu rapaz, muito mais importante do que isso! Que me diz do criminoso, na charneca?

Tive um sobressalto.

— Não vai dizer-me que sabe onde está?

— Talvez não saiba exactamente onde está, mas poderia ajudar a polícia a prendê-lo. Nunca pensou que a melhor maneira de apanhar aquele homem seria descobrir onde arranja comida e, depois, acompanhar a pessoa que lha fosse levar?

Não há dúvida de que, para nosso desconforto, o velho estava a chegar perto da verdade.

— Tem razão; mas como sabe que ele está na charneca?

— Sei, porque vi com os meus próprios olhos o mensageiro que lhe vai levar comida.

Fiquei frio, a pensar em Barrymore. Era coisa séria estar nas garras daquele velho, intrometido e despeitado. Mas a sua observação seguinte tirou-me um peso do coração.

— O senhor ficará admirado, ao saber que quem lhe leva comida é um menino. Tenho-o visto todos os dias com o meu telescópio, lá no telhado. Passa pelo mesmo caminho e à mesma hora, e a quem levaria ele comida, a não ser ao criminoso?

Eu estava com sorte, não há dúvida! Apesar disto, não demonstrei o mínimo interesse. Uma criança! Barrymore dissera que o desconhecido era servido por um menino. Frankland estava na pista desse desconhecido, não na do criminoso. Se eu conseguisse que me desse informações, ver-me-ia livre de uma busca provavelmente longa e cansativa. Mas a incredulidade e a indiferença eram as minhas armas mais fortes.

— Acho que seria mais natural tratar-se do filho de um pastor, que levasse comida ao pai.

A menor sombra de oposição inflamava o velho. Os seus olhos fixaram-me venenosamente e as suíças grisalhas estremeceram, como as barbichas de um gato.

— Sim senhor! — exclamou, apontando para a charneca. — Está a ver, lá adiante, o Black Tor? Vê o morro baixo, mais longe? A parte mais rochosa da charneca. Seria para ali que um pastor levaria o seu rebanho? A sua sugestão, senhor, é verdadeiramente absurda.

Respondi mansamente que falara sem conhecer os factos. A minha submissão agradou-lhe e levou-o a novas confidências.

— Pode ter a certeza de que só falo com fundamento — declarou ele. — Vi o garoto inúmeras vezes, com os seus pacotes. Frequentemente duas vezes por dia... Mas espere um momento, doutor Watson. Ou meus olhos enganam-se ou algo se move neste momento, por aquela encosta?

Estávamos a quilómetros de distância, mas consegui distinguir um pontinho negro, contra a elevação cinzenta.

— Venha, venha — exclamou Frankland, correndo para cima. — Verá com os seus próprios olhos e julgará por si próprio.

O telescópio, formidável instrumento sobre um tripé, ficava na parte chata do telhado de ardósia. Frankland soltou um grito de satisfação.

— Depressa, doutor Watson, depressa, antes que ele desapareça!

Lá estava, sem a menor dúvida, um garoto com um embrulho aos ombros, a subir lentamente o morro. Quando chegou ao cume, vi-lhe a silhueta contra o céu azul. Ele olhou à volta, com um jeito furtivo, como se temesse ser perseguido. Depois, desapareceu.

— Então? Não tinha razão?

— Sem a menor dúvida, e o rapaz parece cumprir uma missão secreta.

— E essa missão secreta poderia ser descoberta até mesmo por um guarda rural! Mas nem uma só palavra ouvirão de mim, e obrigo-o ao sigilo, doutor Watson. Nem um pio, está a ouvir? Compreende?

— Como queira.

— Eles trataram-me vergonhosamente, vergonhosamente. Quando os factos ficarem conhecidos, em Frankland *v.* Regina, creio que um murmúrio de indignação percorrerá todo o país. Nada me induzirá a ajudar a polícia, aconteça o que acontecer. Para a polícia, o povo poderia até queimar-me, em lugar da minha efígie! Mas, não se vá já embora, tão cedo?... Precisa de me ajudar a esvaziar a garrafa, em honra deste grande dia!

Resisti ao convite e consegui dissuadi-lo, quando se propôs acompanhar-me até à mansão. Continuei pela estrada, calculando que os seus olhos me seguiam; depois, entrei na charneca e dirigi-me para o morro, onde vira desaparecer o rapazinho. Tudo estava a meu favor; jurei que, se perdesse a oportunidade que o destino me dava, não seria por falta de energia ou de perseverança.

O Sol morria, quando cheguei ao cume do morro. Havia uma leve neblina na linha do horizonte, onde sobressaíam as formas fantásticas de Belliver e Vixen Tor. Na planície, não havia som ou movimento. Um grande pássaro, uma gaivota, talvez, voou contra o céu azul. O pássaro e eu parecíamos os únicos seres vivos entre o vasto céu e a charneca deserta. O cenário estéril, a sensação de solidão, o mistério e a urgência da minha missão fizeram com que eu sentisse um frio na alma. Não via o garoto em parte alguma. Mas lá em baixo, numa fenda dos morros, havia um círculo de velhas cabanas de pedra e, no meio, notei uma que tinha uma parte suficiente do telhado para servir de protecção contra o tempo. O meu coração pulou de alegria. Devia ser ali o abrigo do desconhecido. Finalmente tinha o meu pé na soleira do esconderijo — o seu segredo estava ao alcance das minhas mãos.

Ao aproximar-me, caminhando cautelosamente, como faria Stapleton ao perseguir uma borboleta com a sua rede, verifiquei que a cabana estava de facto a ser utilizada como habitação. Uma vereda mal definida, no meio dos seixos, levava a uma abertura delapidada, que servia de porta. Dentro, silêncio. O desconhecido poderia estar ali à espreita, ou talvez andasse a rondar pelo campo. Os meus nervos vibraram com a sensação de aventura. Atirando fora o meu cigarro, apertei o cano do revólver e, caminhando rapidamente até à porta, olhei para dentro. A cabana estava vazia.

Mas havia amplos sinais de que eu não seguia uma pista falsa. Indubitavelmente era ali que se abrigava o homem. Alguns cobertores e uma capa de oleado estavam em cima da laje, onde outrora dormira o homem neolítico. No fogão grosseiro, havia cinzas. Ao lado, utensílios de cozinha e um balde meio cheio de água. Uma pilha de latas vazias indicava que o lugar já estava habitado havia algum tempo e, quando os meus olhos se habituaram àquela luz fraca, vi um copo de metal e uma garrafa de bebida alcoólica, a um canto. No meio da cabana, uma pedra chata que servia de mesa e, em cima, uma sacola de pano — provavelmente aquela que víramos, pelo telescópio, ao ombro do rapazinho. Dentro havia um pão, uma língua em conserva e duas latas de compota de pêssego. Quando larguei o embrulho, após o exame, o meu coração deu um salto, pois em baixo havia um papel, com qualquer coisa escrita. Ergui-o e li, em letra rabiscada: *«O doutor Watson foi a Coombe Tracy.»*

Fiquei por um momento com o papel nas mãos, à procura de descobrir o sentido de tão curta mensagem. Era então eu, e não *Sir* Henry, o homem perseguido pelo misterioso indivíduo. Ele não me seguira, mas pusera um cúmplice — o rapaz, provavelmente — no meu encalço, e ali estava o seu relatório. Com certeza todos os meus passos tinham sido observados, desde que viera de Londres. Estava explicada aquela sensação de força oculta, de rede fina a cercar-nos com habilidade e delicadeza, prendendo-nos tão levemente, que só num momento supremo compreendíamos que estávamos a ser envolvidos pelas suas malhas.

Já que havia um relatório, devia haver outros e por isso dei uma busca à cabana. Mas não havia sinal de coisa alguma nesse género, nem descobri objectos que servissem de indícios quanto às intenções do homem que vivia num sítio tão singular. Percebi, apenas, que tinha hábitos espartanos e pouco devia ligar ao conforto.

Quando me lembrei das chuvas pesadas e olhei para o tecto furado, compreendi como devia ser forte e imutável o objectivo que o trouxera para aquele lugar inóspito. Seria ele nosso inimigo, ou, por acaso, anjo da guarda? Jurei não sair da cabana, antes de o saber.

Lá fora, o Sol morria, tingindo o céu de rubro e ouro. Os seus reflexos punham manchas escuras nas poças distantes, no centro do atoleiro de Grimpen. Lá estavam as duas torres da mansão dos Baskervilles; e um fumo, ao longe, indicava a aldeia de Grimpen. Entre as duas, atrás do morro, ficava a casa de Stapleton. Tudo suave e tranquilo, à luz dourada do entardecer, mas a minha alma não compartilhava da paz da natureza. Estremeci, ao pensar na vaga e terrível entrevista que se aproximava. Com os nervos vibrantes, mas uma vontade férrea, sentei-me a um canto escuro da cabana e esperei, com sombria paciência, a chegada do seu ocupante.

Finalmente, ouvi-o. Ao longe, o som de uma bota, batendo na pedra. Depois, outro e mais outro. Encolhi-me no canto mais escuro, com o revólver pronto, metido no bolso, disposto a não me denunciar até ter oportunidade de ver o desconhecido. Houve uma longa pausa, a indicar que ele parara. Depois, passos, novamente, e uma sombra obscureceu a entrada da cabana.

— Linda tarde, caro Watson — disse uma voz tão minha conhecida. — Acho que se sentirá mais confortável aqui fora do que dentro.

12

MORTE NA CHARNECA

Por um ou dois minutos, fiquei de respiração suspensa, mal podendo acreditar nos meus ouvidos. Depois, voltei a mim e o fardo da responsabilidade pareceu de repente ter sido retirado dos meus ombros. Aquela voz fria, incisiva, irónica, só podia pertencer a um homem, neste mundo.

— Holmes! — exclamei. — Holmes!

— Venha — disse ele. — E, por favor, cuidado com o revólver.

Agachei-me sob o batente tosco e lá estava ele, sentado numa pedra, com um brilho divertido nos olhos cinzentos, ao pousarem no meu rosto atónito. Estava magro e abatido, mas firme e alerta, o rosto queimado pelo sol e enrijecido pelo vento. De fato de *tweed* e boné de pano, parecia um turista qualquer e conseguira, com o amor à limpeza que era uma das suas qualidades características, ter o rosto tão bem barbeado e a roupa tão limpa como se estivesse em Londres.

— Nunca senti maior prazer em ver uma pessoa — disse eu, apertando-lhe a mão.

— Nem maior espanto, hã?

— Confesso que sim.

— Pois a surpresa não foi só do seu lado, garanto. Não imaginei que você tivesse descoberto o meu retiro, menos ainda que me esperasse aqui dentro, a não ser quando cheguei a sete metros da porta.

— As minhas pegadas, com certeza?

— Não, caro Watson, creio que não poderia reconhecer as suas pegadas, entre todas as pegadas do mundo. Se quiser seriamente despistar-me, precisa de mudar de marca de tabaco, pois quando vejo uma beata Bradoley, Oxford Street, sei que o meu amigo Watson está nas redondezas. Pode encontrá-la, ali no caminho. Deitou-a fora, com certeza, no momento supremo em que investiu contra a cabana.

— Exactamente.

— Foi o que pensei e, conhecendo a sua admirável tenacidade, fiquei convencido de que estava de emboscada, com uma arma na mão à espera do regresso do ocupante da cabana. Então, pensou mesmo que era eu o criminoso?

— Não sabia quem você era e estava decidido a descobrir.

— Excelente, Watson! E como foi que me localizou? Com certeza que me viu, na noite em que perseguiram o condenado, quando cometi a imprudência de deixar a Lua erguer-se atrás de mim?

— Sim, foi então que o vi.

— E com certeza examinou todas as cabanas, até chegar a esta?

— Não, o seu garoto foi visto e forneceu-me a pista.

— O velho com o telescópio, provavelmente. Não sabia o que era, quando pela primeira vez vi a luz a brilhar nas lentes. — Holmes ergueu-se e olhou para dentro da

153

cabana. — Ah, vejo que o Cartwright trouxe mantimentos. Que papel é este? Então você foi a Coombe Tracy?

— Fui.

— Para falar com a Laura Lyons?

— Exactamente.

— Muito bem! A nossa busca tem seguido em linhas paralelas, pelo que vejo, e, quando juntarmos os resultados, espero ter um conhecimento completo do caso.

— Pois bem, alegro-me, do fundo do coração, por vê-lo aqui, pois a responsabilidade e o mistério estavam a ser excessivos para os meus nervos. Mas, como é que apareceu por aqui e o que andou a fazer? Pensei que estivesse em Baker Street, a tratar daquele caso de chantagem.

— Era o que eu queria que pensasse.

— Então, serve-se de mim, mas não confia em mim! — exclamei, com certa amargura. — Pensei que merecesse mais consideração, Holmes.

— Caro amigo, você foi de um valor incalculável neste caso, como em todos os outros, e peço-lhe que me perdoe, se lhe preguei uma partida. Para falar verdade, foi em parte por sua causa que assim agi e foi o facto de avaliar o perigo que você corria que me fez vir até cá. Se eu morasse consigo e *Sir* Henry, evidentemente, o meu ponto de vista seria o vosso e a minha presença teria feito com que o nosso poderoso inimigo se pusesse em guarda. Vivendo aqui, pude movimentar-me com a liberdade que não teria se estivesse na mansão, e permaneci um factor desconhecido, pronto a atirar todo o meu peso no momento crítico.

— Mas porquê guardar segredo *de mim*?

— O facto de você saber nada adiantaria e poderia levar à minha descoberta. Poderia querer contar-me algum facto, ou, com a sua bondade, lembrar-se de me trazer qualquer coisa para o meu conforto e, assim, correríamos um risco desnecessário. Trouxe comigo o Cartwright (lembra-se, o rapazinho do Expresso?) e ele tem cuidado das minhas exigências simples: um pedaço de pão e um colarinho limpo. De que mais precisa o homem? Ele fornece-me um par extra de olhos e um activo par de pés, e isto tem sido de valor incalculável.

— Então os meus relatórios têm sido inúteis! — A minha voz tremia, ao lembrar-me do trabalho e do orgulho com que os compusera.

Holmes tirou do bolso um monte de papéis.

— Aqui estão os seus relatórios, caro amigo, e bem manuseados, pode ter a certeza. Tomei grandes providências, que só têm o atraso de um dia. Preciso de felicitá-lo pela sua inteligência e pelo zelo demonstrados num caso tão difícil e extraordinário.

Eu ainda estava melindrado com a partida que me pregara Holmes, mas o calor do seu elogio fez com que a minha cólera desaparecesse. No fundo, reconhecia que ele tinha razão e que era de facto preferível eu não ter sabido que ele se encontrava na charneca.

— É melhor assim — disse ele, vendo que a minha expressão se desanuviara. — Agora, conte-me o resultado da sua visita à Laura Lyons... Não me é difícil saber que lá foi para a ver. Além disso, é a única pessoa, em Coombe Tracey, que nos pode servir. Para ser exacto, se você não tivesse lá ido hoje, com toda a certeza eu iria amanhã.

O Sol escondera-se e as sombras invadiam a planície. Esfriara. Entrámos na cabana, em busca de calor. Ali sentados, ao lusco-fusco, contei a Holmes a minha conversa com a tal senhora. Tão interessado estava ele, que tive de repetir uma ou duas passagens.

— Isso é muito importante — disse ele, quando terminei. — Faz desaparecer uma lacuna que eu não tinha podido preencher, em caso tão complexo. Sabe, provavelmente, que existe grande intimidade entre essa senhora e o Stapleton?

— Não sabia disso.

— Não existe a menor dúvida. Encontram-se, escrevem-se, há um entendimento entre eles. Isto fornece-nos uma arma poderosa. Se eu pudesse usá-la para afastar dele a mulher...

— Mulher!

— Dou-lhe agora uma informação, em troca de todas as que me deu. A jovem que passou aqui por irmã de Stapleton é, na realidade, mulher dele.

— Deus do céu, Holmes! Tem a certeza? Como é que ele permitiu que *Sir* Henry se apaixonasse por ela?

— A paixão de *Sir* Henry não poderia prejudicar ninguém, a não ser ele próprio. Stapleton teve o cuidado de não permitir que *Sir* Henry desse à jovem provas de amor, como você próprio observou. Garanto que ela é mulher dele e não irmã.

— E para quê essa farsa?

— Porque ele viu que ela lhe seria muito mais útil como mulher livre.

As minhas vagas suspeitas tomaram corpo, centralizando-se no naturalista. Naquele homem impassível, incolor, de chapéu de palha e rede de caçar borboletas, tive a impressão de ver algo de terrível — uma criatura de infinita paciência e sagacidade, de rosto sorridente e coração assassino.

— Então é ele o nosso inimigo, o homem que nos perseguiu em Londres?

— É assim que interpreto o enigma.

— E aquele aviso... deve ter partido dela?

— Exactamente.

O espectro da monstruosa vilania, em parte observada, em parte adivinhada, saiu das sombras que durante tanto tempo me tinham envolvido.

— Mas, tem a certeza disto, Holmes? Como sabe que é mulher dele?

— Porque ele se distraiu, a ponto de lhe contar a si parte da sua autobiografia, quando se encontraram pela primeira vez. Garanto que muito se arrependeu disso, desde então. Ele *foi* mestre-escola no Norte de Inglaterra. Agora, nada mais fácil do que descobrir a pista de um mestre-escola. Há agências escolares, onde se pode identificar um homem que exerceu a profissão. Uma pequena investigação provou-me que, numa determinada escola, tinha havido uma tragédia e que o dono da escola (o nome era diferente) desaparecera com a mulher. A descrição de ambos coincidia com a dos dois Stapleton. Quando eu soube que o desaparecido era um apaixonado por entomologia, a identificação ficou completa.

O véu erguia-se sobre o mistério, mas ainda havia sombras.

— Se esta mulher é de facto sua mulher, qual é o papel da Laura Lyons? — perguntei.

— Este é um dos pontos sobre os quais a sua investigação lançou um pouco de luz. A sua entrevista com a tal senhora esclareceu bastante a situação. Eu não sabia do projectado divórcio entre ela e o marido. Neste caso, considerando Stapleton solteiro, com certeza ela esperava casar-se com ele.

— E quando vier a desilusão?

— Ah, talvez então encontremos uma aliada. A nossa primeira obrigação será procurá-la amanhã, juntos. Não acha, Watson, que abandonou por muito tempo o seu protegido? O seu lugar é na mansão dos Baskervilles.

A noite descera sobre a charneca. Algumas estrelas começavam a brilhar no céu violeta.

— Mais uma pergunta, Holmes — disse eu, erguendo-me. — Certamente não há necessidade de segredos entre nós. Que significa tudo isto? De que é que ele anda atrás?

Holmes baixou a voz, ao responder.

— É assassínio, Watson, assassínio frio, deliberado, refinado. Não me peça pormenores. A minha rede está a fechar-se à volta dele, como a dele à volta de *Sir* Henry e, com o seu auxílio, meu amigo, depressa estará à nossa mercê. Somente um perigo nos ameaça, isto é, ele poderá dar o seu golpe, antes de estarmos prontos para dar o nosso. Mais um dia... dois, no máximo, e o meu caso estará completo. Até lá, vigie o seu protegido, como mãe carinhosa que zela pelo filho doente. A sua missão justificou-se, hoje, mas chego a desejar que não o tivesse abandonado. Escute!...

Um grito terrível, um prolongado grito de horror e angústia quebrou o silêncio do campo. O sangue gelou-se-me nas veias.

— Meu Deus! — exclamei. — Que é isto? Que significa?

Holmes pôs-se de pé. Vi-lhe a silhueta escura, atlética, à porta da cabana, os ombros dobrados, a cabeça para a frente, os olhos a espiar a escuridão.

— Psiu! — murmurou ele. — Psiu!

O grito soara alto, pela sua veemência, mas viera de longe, da planície em sombras. Soou agora mais perto, mais alto e mais urgente.

— Onde foi? — murmurou Holmes.

Percebi, pela vibração da sua voz, que aquele homem de ferro estava profundamente abalado.

— Onde foi, Watson? — insistiu ele.

— Ali, creio — respondi, apontando para a escuridão. — Não, além!

De novo o grito agoniado quebrou o silêncio da noite, mais alto e cada vez mais perto. A ele se juntou outro som, um rosnar profundo, musical e, apesar disso, ameaçador, subindo e descendo como o murmúrio baixo e constante do mar.

— O cão! — exclamou Holmes. — Venha, Watson, venha! Deus do céu, se chegarmos tarde demais...

Começara a correr pela charneca e eu no seu encalço. Diante de nós, de algum ponto do terreno acidentado, subiu um último grito desesperado, depois ouvimos o ruído de uma queda. Nenhum outro som quebrou o pesado silêncio da noite parada.

Vi Holmes passar a mão pela testa, como que aturdido. Bateu o pé no chão, dizendo:

— Ele tomou-nos a dianteira, Watson. É tarde demais.

— Não, não diga isso!

— Que tolo que fui, em adiar o golpe! E você, Watson, veja o que aconteceu, por ter abandonado o seu protegido! Mas, por Deus, se o pior tiver acontecido, saberei vingá-lo!

Saímos às cegas pela noite escura, batendo em pedras, penetrando nas moitas de urzes, ofegantes ao galgar colinas,

159

correndo ao descê-las, sempre a dirigirmo-nos para o ponto de onde haviam partido os pavorosos sons. De todas as vezes que subia uma colina, Holmes olhava ansioso à volta, mas as sombras eram profundas e nada se movia nos campos que nos cercavam.

— Vê alguma coisa?

— Nada.

— Mas, preste atenção, que é isto?

Um gemido baixo ferira-nos o ouvido. Ali à nossa esquerda! Daquele lado, uma cadeia rochosa terminava num penedo íngreme, que dominava uma rampa salpicada de pedras. Ali, esparramado no chão, estava um objecto escuro, irregular. Para lá corremos e o vago contorno definiu-se. Um homem estava caído de bruços, a cabeça dobrada sob o corpo num ângulo terrível, os ombros arredondados, todo ele encolhido, como que preparado para um salto. Tão grotesca era a atitude, que no momento não compreendi que o gemido que ouvíramos fora o seu último suspiro. O vulto negro sobre o qual nos debruçámos estava imóvel e absolutamente silencioso. Holmes apalpou-o e soltou um grito de horror. A luz do fósforo que acendeu brilhou nas roupas húmidas e na poça horrível que se formava ao lado, com o sangue que lentamente escorria do crânio esmagado da vítima. O nosso coração, por um momento, deixou de bater: era o corpo de Henry Baskerville!

Nenhum de nós poderia ter esquecido aquele tipo singular de *tweed* avermelhado, do fato com que *Sir* Henry nos visitara pela primeira vez, em Baker Street. Vimo-lo de relance; depois, apagou-se o fósforo e também a esperança desapareceu dos nossos corações. Holmes gemeu e o seu rosto brilhou na escuridão.

— Miserável! Selvagem! — gritei, comprimindo as mãos. — Oh, Holmes, nunca me perdoarei por tê-lo deixado à mercê do destino.

— Sou mais culpado do que você, Watson. Para que o caso ficasse completo, permiti que o meu cliente perdesse a vida. É o maior golpe de toda a minha carreira. Mas como poderia eu saber... como *poderia* eu saber que ele arriscaria a vida na charneca, à noite, apesar de todas as minhas advertências?

— Termos ouvido os seus gritos... meu Deus, que gritos!... e não podermos salvá-lo! Onde está o maldito cão que o matou? Talvez esteja à espreita, atrás de uma rocha, neste momento. E Stapleton, onde está ele? Há-de pagar por isto.

— Pagará. Deixe por minha conta. Tio e sobrinho foram assassinados; um morreu de susto, ao ver a fera que ele julgava sobrenatural, o outro caiu, ao fugir desesperadamente do perigo. Mas agora temos de provar a relação entre o homem e o animal. A não ser pelo que temos ouvido, não podemos sequer jurar que a fera exista, uma vez que *Sir* Henry evidentemente morreu da queda. Mas juro!... por mais astuto que ele seja, o miserável estará em meu poder, antes que passe mais um dia!

Ficámos, amargurados, ao lado do corpo mutilado, abalados pelo desastre súbito e irreparável, que culminara todos os nossos esforços. Depois, como surgira a Lua, subimos ao cume do morro de onde caíra o nosso amigo e de lá olhámos a planície meio prateada e meio em sombras. Muito longe, na direcção de Grimpen, brilhava uma luz única, firme e amarelada. Só poderia ser na solitária casa dos Stapleton. Soltando uma blasfémia, sacudi o punho naquela direcção.

— Porque não havemos de apanhá-lo imediatamente?

— O nosso caso não está completo. O homem é astuto e cauteloso ao máximo. Não basta o que sabemos, mas sim o que temos de provar. Se dermos um passo em falso, o bandido talvez escape.

— Que podemos fazer?

— Há muito que fazer, amanhã. Hoje, só podemos prestar os últimos serviços ao nosso amigo.

Descemos e aproximámo-nos do corpo, negro e nítido contra as pedras prateadas. A dor demonstrada por aqueles membros contraídos cortou-me o coração e os meus olhos humedeceram-se de lágrimas.

— Precisamos de pedir auxílio, Holmes! Não podemos carregar com ele até à mansão. Deus do céu, está louco?

Holmes soltara um grito, debruçando-se sobre o corpo. Dançava agora, rindo e apertando-me a mão. Seria aquele o meu amigo frio e comedido? Fogo latente, com certeza!

— Barba! O homem tem barba!

— Barba?

— Não é o baronete... E... é o meu vizinho, o criminoso.

Virámos febrilmente o corpo e a barba húmida apontou para a Lua fria. Não podia haver dúvida quanto à testa abaulada, os olhos fundos e animalescos. Era, na verdade, o mesmo rosto que nos espiara à luz da vela, na fenda do rochedo — o rosto de Selden, o assassino.

Num instante, tudo ficou claro. Lembrei-me de que o baronete me contara que dera as suas roupas a Barrymore. Este passara-as a Selden, a fim de ajudá-lo a fugir. Sapatos, camisa, boné — tudo pertencera a *Sir* Henry. A tragédia ainda existia, mas pelo menos este homem merecera a morte, de acordo com as leis do seu país. Contei o facto a Holmes, com o coração cheio de alegria e gratidão.

— Então as roupas foram a causa da morte do desgraçado — disse ele. — Não há dúvida de que deram ao cão uma peça de roupa de *Sir* Henry (provavelmente o sapato roubado no hotel) e ele perseguiu este homem, guiado pelo faro. Há uma particularidade: como é que Selden percebeu, no escuro, que o cão estava no seu encalço?

— Ouviu-o, com certeza.

— Ouvir um cão, no campo, não deixaria um homem, endurecido como o criminoso, em tal estado de pânico, a ponto de se arriscar a ser capturado e a gritar daquela maneira por socorro. Pelos gritos, deve ter corrido muito, depois de ter percebido que o cão o perseguia. Como é que soube?

— Para mim, o maior mistério é que o cão, presumindo-se que as nossas conjecturas estejam certas...

— Não presumo coisa alguma.

— Pois bem, como é que o cão estava solto, hoje à noite? Imagino que não ande em liberdade todas as noites. Stapleton não o soltaria, a não ser que julgasse que *Sir* Henry viria à charneca.

— A minha dificuldade é a maior das duas, pois creio que depressa teremos a explicação da sua, ao passo que a minha talvez permaneça para sempre um mistério. A questão agora é: o que faremos ao corpo do desgraçado? Não podemos abandoná-lo aqui, aos corvos e às raposas.

— Acho que devemos deixá-lo numa das cabanas, até avisarmos a polícia.

— Isso mesmo. Creio que nós os dois poderemos levá-lo até lá. Atenção, Watson, o que é isto? É o homem, com a sua incrível audácia! Nem uma palavra sobre as nossas suspeitas; nem uma palavra, ou os meus planos cairão por terra!

Um vulto aproximava-se, através do plaino. Vi o brilho rubro de um cigarro. O luar caiu sobre ele e distingui o vulto baixo e o andar saltitante do naturalista. Parou, quando nos viu, depois continuou.

— Olá, doutor Watson, é o senhor, não é? É o último homem que eu pensaria encontrar no campo, a uma hora destas. Mas, Deus meu, que é isto? Uma pessoa ferida? Não... não me diga que é o nosso amigo *Sir* Henry!

Passou a correr perto de mim e inclinou-se sobre o morto. Ouvi uma exclamação ofegante e o cigarro caiu-lhe dos dedos.

— Quem... quem é ele? — balbuciou.

— É Selden, o homem que fugiu de Princetown.

Stapleton voltou para nós o rosto lívido, mas, com um supremo esforço, conseguiu disfarçar o espanto e o desapontamento. Olhou vivamente de Holmes para mim.

— Deus meu! Que coisa horrível! Como é que morreu?

— Parece que quebrou o pescoço, ao cair de uma dessas rochas. O meu amigo e eu passávamos pela charneca, quando ouvimos um grito.

— Também ouvi um grito. Foi o que me trouxe aqui. Estava inquieto a respeito de *Sir* Henry.

Não pude deixar de perguntar:

— Porquê de *Sir* Henry em particular?

— Porque tinha sugerido que viesse visitar-nos. Como não apareceu, fiquei apreensivo, e naturalmente, ao ouvir gritos, alarmei-me. Por falar nisso... — aqui ele olhou para Holmes. — Ouviram mais alguma coisa, além dos gritos?

— Não — respondeu Holmes. — O senhor ouviu?

— Não.

164

— Porque pergunta, então?

— Oh, os senhores conhecem as histórias que contam os camponeses, a respeito de um cão-fantasma. Dizem que é ouvido à noite, na planície. Fiquei a pensar se teria havido qualquer coisa nesse sentido, hoje.

— Nada ouvimos — disse eu.

— Qual é a sua teoria sobre a morte do pobre homem?

— Tenho a certeza de que foi a ansiedade e o medo de ser recapturado que o puseram fora de si. Correu como louco pelos campos e caiu, quebrando o pescoço.

— Parece razoável — disse Stapleton, com um suspiro que me pareceu de alívio... — Que diz a isto, senhor Holmes?

O meu amigo inclinou-se, felicitando-o.

— O senhor é rápido nas identificações — disse ele.

— Estamos à sua espera desde que o doutor Watson veio para cá. Chegou a tempo de presenciar uma tragédia.

— Sim, realmente. Tenho a certeza de que as declarações do meu amigo bastarão, no inquérito. Quanto a mim, levarei recordações desagradáveis quando voltar para Londres, amanhã.

— Ah, vai voltar para Londres?

— É a minha intenção.

— Espero que a sua visita tenha lançado um raio de luz nas ocorrências que nos têm deixado tão perplexos.

Holmes encolheu os ombros.

— Nem sempre podemos ter o sucesso que esperamos. Um investigador precisa de factos, não de lendas e boatos. Não foi um caso satisfatório.

O meu amigo falava de maneira franca e despreocupada. Stapleton continuava a fitá-lo com firmeza. Depois, voltou-se para mim.

— Poderia sugerir que levassem o infeliz para minha casa, mas a minha irmã ficaria tão assustada, que não me julgo com o direito de fazê-lo. Acho que, se lhe cobrirmos o rosto, não haverá perigo em ficar aqui até amanhã.

Assim fizemos. Recusando a hospitalidade de Stapleton, Holmes e eu dirigimo-nos para Baskerville, deixando que o naturalista voltasse para casa sozinho. Ao olhar para trás, vimos o vulto caminhar lentamente em direcção à larga planície e divisámos, atrás dele, uma mancha escura, no chão prateado, no ponto onde estava o homem que encontrara uma morte tão horrenda.

— Tiremos as luvas, agora — disse Holmes, enquanto caminhávamos. — Que sangue-frio tem o sujeito! Como ele se dominou, diante daquilo que deve ter sido um tremendo choque, ao ver que outra pessoa fora vítima da sua armadilha! Já lhe disse em Londres, Watson, e digo-lhe outra vez agora, que nunca tivemos inimigo mais digno de cruzar armas connosco.

— Lamento que ele o tenha visto.

— Também lamentei, a princípio. Mas não se podia ter evitado.

— Que influência acha que terá sobre os planos dele o facto de o saber aqui?

— Poderá fazer com que se torne mais cauteloso, ou poderá levá-lo a tomar medidas desesperadas, imediatamente. Como a maioria dos criminosos inteligentes, é possível que tenha absoluta confiança na sua inteligência e julgue que nos enganou completamente.

— Porque não o prendemos já?

— Caro Watson, você nasceu para ser homem de acção. O seu instinto é fazer sempre qualquer coisa enérgica.

Mas, suponhamos, só como hipótese, que o prendíamos hoje à noite, de que nos adiantaria? Nada podemos provar contra ele. Aí está a sua diabólica astúcia! Se ele agisse através de um ser humano, poderíamos conseguir provas, mas se trouxéssemos esse enorme cão à luz do dia, isso não nos ajudaria a pôr uma corda à volta do pescoço do seu dono.

— Certamente temos um caso.

— Nem sombra de caso; apenas suspeitas e conjecturas. Ririam de nós, no tribunal, se aparecêssemos com semelhante história e tais provas.

— E a morte de *Sir* Charles?

— Ele foi encontrado morto, sem o menor sinal de violência. Você e eu sabemos que morreu de susto e sabemos também o que foi que o assustou; mas, como conseguir que doze jurados criteriosos acreditem nisso? Que sinais há de um cão? Onde estão as marcas das patas? Claro que sabemos que um sabujo não morde um cadáver e que *Sir* Charles estava morto antes de a fera ter chegado junto dele. Mas temos de provar isso e não estamos em condições de fazê-lo.

— Pois bem, e hoje? Agora?

— Não estamos muito mais adiantados. Também não há, desta vez, ligação directa entre o cão e a morte do criminoso. Nem vimos o cão. Ouvimo-lo, mas não podemos dizer que andava no encalço desse homem. Há uma ausência completa de motivo. Não, caro amigo; temos de compreender que, no momento presente, não temos um caso e que vale a pena correr qualquer risco, para conseguirmos ter um.

— E de que maneira pretende consegui-lo?

— Tenho uma grande esperança no auxílio da senhora Laura Lyons, quando ficar inteirada do verdadeiro estado de coisas. E também tenho um plano. Por hoje, chega de tragédia; mas espero que não se passe outro dia sem que eu consiga, finalmente, dominar a situação.

Nada mais consegui que me dissesse. Mergulhados nos nossos pensamentos, chegámos aos portões de Baskerville.

— Vai entrar? — perguntei.

— Vou. Não há razão para me esconder. Mas, uma última palavra, Watson. Não fale a *Sir* Henry do cão. Deixe que ele pense que Selden morreu acidentalmente, como Stapleton quis que pensássemos. Assim terá os nervos em melhor estado para suportar a prova por que terá de passar amanhã, quando for jantar com aquela gente, como está combinado, conforme você me contou, no seu relatório.

— Ele e eu.

— Então apresente as suas desculpas, porque ele precisa de ir sozinho. Será fácil. E agora, já que nos atrasámos para o jantar, creio que estamos prontos para a ceia.

CAPÍTULO

13

ARMAR A REDE

Sir Henry ficou mais alegre do que admirado ao ver Sherlock Holmes, pois esperara, naqueles dias, que os últimos acontecimentos o trouxessem de Londres. Mas ergueu as sobrancelhas quando soube que o meu amigo não tinha bagagem nem explicação para o facto. Ambos lhe fornecemos, contudo, a roupa necessária. Enquanto ceávamos tardiamente, Holmes e eu explicámos ao baronete a parte dos acontecimentos nocturnos que achámos útil contar-lhe. Mas, primeiramente, tive de cumprir a desagradável tarefa de participar ao casal Barrymore a morte de Selden. Para ele, pode ter sido um alívio, mas a mulher chorou amargamente, com a cabeça escondida no avental. Para o mundo inteiro, ele era um homem violento, meio animal e meio demónio, mas, para a irmã, continuaria a ser o menino voluntarioso da sua infância, a criança que se agarrara à sua mão. Mau é realmente o homem que não tem uma mulher que o chore.

— Estive a trabalhar em casa o dia inteiro, desde que Watson saiu, de manhã — disse o baronete. — Creio que mereço parabéns, pois cumpri a minha promessa. Se não tivesse jurado que não sairia sozinho, poderia ter tido uma noite mais animada, pois recebi convite de Stapleton a convidar-me para ir até lá.

— Não duvido de que teria tido uma noite mais animada — replicou Holmes secamente. — Por falar nisso, não
creio que saiba que estivemos a chorar a sua morte?

Sir Henry arregalou os olhos.

— Como assim?

— O pobre vestia as suas roupas, como presente d
Barrymore. Receio que este vá ter complicações com
polícia.

— Não é provável. Não havia marca de espécie alguma

— É uma sorte para ele. Para ser exacto, sorte para to
dos nós, já que, neste caso, estávamos do lado contrári
à lei. Não sei se, como detective consciencioso, o meu pri
meiro dever não seria prender a casa toda. Os relatórios d
Watson são documentos profundamente comprometedores

— Mas, quanto ao caso? — perguntou o baronete. —
Conseguiu deslindar a meada? Não creio que Watson e e
tenhamos progredido muito, desde que viemos para cá.

— Creio que estou em condições de poder tornar a si
tuação mais clara a seus olhos, dentro de pouco tempo. Fo
um caso muito difícil e complicado. Há vários pontos qu
ainda precisam de ser deslindados, mas, em todo o caso, va
indo.

— Tivemos uma experiência desagradável, com
Watson lhe deve ter contado. Ouvimos o cão na charneca
de modo que posso jurar que não é uma vã superstição
Aprendi alguma coisa sobre cães, na América, e sei reco
nhecer um quando o ouço. Se o senhor conseguir pôr un
açaime neste, estarei pronto a jurar que é o maior detectiv
do mundo.

— Creio que poderei pôr-lhe um açaime e uma corrente, se o senhor estiver disposto a ajudar-me.

— Farei o que me disser.

— Muito bem. Pedir-lhe-ei que me obedeça cegamente, sem perguntar os motivos.

— Como queira.

— Se assim agir, creio que o nosso problema ficará solucionado. Não duvido...

Holmes interrompeu-se de repente e olhou fixamente, por sobre a minha cabeça, para a parede. A luz batia-lhe no rosto e a sua expressão era tão absorta, que poderia tratar-se do rosto nítido de uma estátua clássica, personificação da vivacidade e expectativa.

— Que houve? — perguntámos *Sir* Henry e eu.

Quando Holmes baixou os olhos, vi que procurava dominar uma profunda emoção. O rosto estava controlado, mas os olhos tinham um brilho exultante.

— Perdoe a admiração de um conhecedor — disse ele, fazendo um gesto em direcção aos retratos, na parede oposta. — Watson não admite que eu entenda de arte, mas é pura inveja, porque as nossas opiniões divergem. Ali está uma bela colecção de retratos.

— Fico satisfeito por ouvi-lo dizer isso — declarou *Sir* Henry, olhando com surpresa para o meu amigo. — Não pretendo entender muito desses assuntos, e sou melhor juiz de um cavalo ou novilho do que de um quadro. Não pensei que o senhor tivesse tempo para essas coisas.

— Sei se uma coisa é boa, quando a vejo, como estou a ver agora. Poderia jurar que está ali um Kneller, aquela senhora de vestido de seda azul, e o cavalheiro de peruca deve ser um Reynolds. São todos retratos de família, creio?

— Todos.

— Sabe os nomes?

— O Barrymore esforçou-se por me ensinar e creio que aprendi bem a lição.

— Quem é o cavalheiro com o telescópio?

— É o contra-almirante Baskerville, que serviu sob as ordens de Rodney, nas Índias Ocidentais. O homem de casaco azul e rolo de papel na mão é William Baskerville, que foi presidente da Casa dos Comuns, no tempo de Pitt.

— E este cavalheiro à minha frente, aquele de veludo preto e rendas?

— Ah, o senhor tem o direito de saber. É o causador de toda a nossa infelicidade, o malvado Hugo, que deu origem ao Cão de Baskerville. É improvável que nos esqueçamos dele.

Olhei com interesse e surpresa para o retrato.

— Deus meu! — exclamou Holmes. — Parece um sujeito calmo, suave, mas ouso dizer que havia uma expressão diabólica nos seus olhos. Tinha-o imaginado mais robusto e rufião.

— Não há dúvida quanto à autenticidade, pois o nome e a data, 1647, estão escritos nas costas da tela.

Holmes falou pouco, mas o retrato do velho fanfarrão parecia atraí-lo grandemente, pois os seus olhos estiveram continuamente pousados no retrato, durante o jantar. Somente mais tarde, depois de *Sir* Henry se ter retirado, é que consegui acompanhar o curso dos seus pensamentos. Ele levou-me à sala dos banquetes, de candelabro na mão, e ergueu-o para o retrato da parede.

— Vê alguma coisa aí?

Olhei para o chapéu largo, de plumas, os cabelos encaracolados, a gola branca e o rosto comprido, severo. Não era um rosto brutal, mas afectado, duro e severo, com lábios finos e firmes, olhar frio e intolerante.

— Parece-se com alguém que você conheça?

— Há qualquer coisa de *Sir* Henry, no queixo.

— Talvez uma ligeira semelhança. Mas, espere um instante!

Holmes subiu a uma cadeira e, segurando a luz com a mão esquerda, curvou o braço direito sobre o chapéu e à volta dos cabelos.

— Meu Deus! — exclamei admirado.

O rosto de Stapleton saltara do quadro.

— Ah, ah, agora já percebe. Os meus olhos estão habituados a examinar rostos e não adornos. A primeira qualidade do investigador é poder ver através de um disfarce.

— Mas é extraordinário. Poderia ser o retrato dele.

— Sim, um interessante caso de atavismo, que parece ser tanto moral quanto físico. O estudo de retratos de família bastaria para nos levar à teoria da reencarnação. O sujeito é Baskerville, disto não há dúvida.

— Com o olho na sucessão.

— Exactamente. O caso, representado por este retrato, forneceu-nos o mais óbvio dos elos que faltavam. Temos o homem em nosso poder, Watson, temos o homem e garanto que, antes que anoiteça, amanhã, estará a debater-se na nossa rede, impotente como uma das suas borboletas. Um alfinete, uma rolha, um cartão, e acabará por fazer parte da colecção de Baker Street!

Holmes soltou uma das suas raras gargalhadas, ao desviar-se do retrato. Não o vejo rir com frequência e isso é sempre mau augúrio para alguém.

Acordei cedo, no dia seguinte, mas Holmes levantara-se mais cedo ainda, pois vi-o sair da alameda, já todo vestido.

— Sim, vamos ter um dia cheio — disse ele, esfregando as mãos de contentamento, ao pensar em agir. — As redes estão todas armadas e vamos começar a puxá-las. Antes que acabe o dia, saberemos se apanhámos o nosso peixe, ou se ele conseguiu escapar às malhas.

— Já esteve na charneca?

— Mandei um telegrama, de Grimpen, para Princetown, a comunicar a morte de Selden. Creio que posso prometer que nenhum de vocês será incomodado a respeito do caso. E comuniquei também com o meu fiel Cartwright, que com toda a certeza ficaria a penar à porta da minha casota de pedra, como cão na sepultura do dono, se eu não o tranquilizasse.

— Qual é o próximo passo?

— Falar com *Sir* Henry. Aí vem ele!

— Bom dia, Holmes — disse o baronete. — Parece um general que planeia uma batalha, com o seu ajudante de ordens.

— É exactamente essa a situação. Watson pede-me instruções.

— E eu também.

— Muito bem. Parece que está comprometido para jantar, hoje, com os seus amigos, os Stapleton.

— Espero que venha connosco. Eles são muito hospitaleiros e tenho a certeza de que ficariam contentes com a sua presença.

— Infelizmente, Watson e eu temos de ir a Londres.

— A Londres?

— Sim, creio que seremos mais úteis lá, na situação presente.

O baronete ficou visivelmente decepcionado.

— Esperei que o senhor me acompanhasse até ao fim, neste assunto — disse ele. — A mansão e a planície não são lugares muito agradáveis, quando se está só.

— Caro amigo, precisa de confiar em mim, implicitamente, e fazer exactamente o que digo. Pode dizer aos seus amigos que teríamos tido muito prazer em acompanhá-lo, mas que negócios urgentes exigiram a nossa presença em Londres. Esperamos voltar depressa a Devonshire. Não se esquecerá de dar este recado?

— Já que insiste...

— Não há outra alternativa, garanto.

Vi, pela expressão sombria do baronete, que ele estava profundamente magoado pelo que considerava ser a nossa deserção.

— Quando desejam partir? — perguntou friamente.

— Logo depois do café. Iremos até Coombe Tracy, mas Watson deixará aqui as suas malas, como garantia de que voltará. Watson, faça o favor de escrever um bilhete a Stapleton, avisando-o de que não poderá ir.

— Também estou com vontade de ir a Londres — disse o baronete. — Porque hei-de ficar aqui sozinho?

— Porque é o seu posto. Porque me deu a sua palavra de honra de que faria o que eu lhe dissesse e estou a dizer-lhe que fique.

— Está certo, ficarei.

— Mais uma recomendação! Quero que vá de carro até Merripit. Mande-o depois embora e faça com que saibam que vai voltar a pé.

— A pé, pela charneca?

— Isso mesmo.

— Mas é exactamente o que o senhor me tem recomendado que não faça.

— Desta vez não há perigo. Se eu não tivesse toda a confiança nos seus nervos e na sua coragem, não faria tal sugestão, mas é indispensável que assim faça.

— Então, conte comigo.

— E, se der valor à vida, não ande pela charneca em nenhuma outra direcção, a não ser pela vereda que leva de Merripit à estrada de Grimpen e pelo caminho normal para a sua casa.

— Seguirei as suas instruções.

— Muito bem. Gostaria de partir a seguir ao café, para chegar a Londres à tarde.

Fiquei atónito com aquele programa, embora tivesse ouvido Holmes dizer a Stapleton, na noite anterior, que a sua visita terminaria hoje. Mas não me passara pela cabeça a ideia de que me pediria que o acompanhasse, nem podia compreender como poderíamos ficar ambos ausentes, num momento que ele próprio declarara de crise. Mas eu nada podia fazer, a não ser obedecer sem discussão; portanto, despedimo-nos do nosso tristonho amigo e, duas horas mais tarde, estávamos na estação de Coombe Tracy, e Holmes mandou a charrete regressar à mansão. Um rapazinho esperava-nos na plataforma.

— Alguma ordem, senhor?

— Vais tomar este comboio para Londres, Cartwright. Assim que lá chegares, manda um telegrama para *Sir* Henry Baskerville, em meu nome, dizendo que, se encontrar o meu livro de apontamentos, que lá deixei, é favor mandá-lo registado para Baker Street.

— Sim, senhor.

— E pergunta, no escritório da estação, se há algum recado para mim.

O rapaz voltou com um telegrama, que Holmes me mostrou. Dizia:

Recebi telegrama. Sigo com mandado de prisão em branco. Chego cinco e quarenta. Lestrade.

— É esta a resposta ao meu telegrama de hoje de manhã. Lestrade é o melhor dos profissionais, na minha opinião, e talvez precisemos do seu auxílio. Agora, Watson, não podemos empregar melhor o nosso tempo do que indo visitar a sua conhecida, a senhora Laura Lyons.

O plano de trabalho tornava-se claro. Holmes ia servir-se do baronete para convencer os Stapletons de que realmente tínhamos partido, ao passo que voltaríamos no momento em que mais úteis poderíamos ser. O telegrama de Londres, se *Sir* Henry o mencionasse a Stapleton, afastaria do seu pensamento a última suspeita. Já me parecia ver a rede a começar a envolver aquele peixe...

A senhora Laura Lyons estava no escritório. Sherlock Holmes começou a entrevista com uma franqueza que muito a surpreendeu.

— Estou a investigar as circunstâncias da morte de *Sir* Charles Baskerville — disse ele. — Aqui o meu amigo Watson transmitiu-me o que a senhora lhe contou e também o que a senhora ocultou, em relação ao caso.

— O que foi que ocultei? — perguntou ela em tom de desafio.

— Confessou que pediu a *Sir* Charles que estivesse ao portão às dez horas. Sabemos que foi esse o local e a hora da sua morte. A senhora ocultou a relação entre esses acontecimentos.

— Não há relação.

— Nesse caso, a coincidência é realmente extraordinária. Mas creio que conseguiremos estabelecer a relação, afinal de contas. Desejo ser absolutamente franco consigo, senhora Lyons. Consideramos esse caso como assassínio e as provas poderão ser contra, não somente o seu amigo Stapleton, como contra a sua mulher.

A senhora Lyons deu um salto na cadeira.

— A sua mulher! — exclamou.

— Já não é segredo. A pessoa que passou por irmã dele é, na realidade, sua mulher.

A senhora Lyons sentou-se novamente. As suas mãos agarravam os braços da poltrona e vi as unhas rosadas tornarem-se brancas, com a força que ela fazia.

— Sua mulher! — disse ela de novo. — Sua mulher! Ele não é casado.

Sherlock Holmes encolheu os ombros.

— Prove! — gritou ela. — Prove! E, se conseguir provar...

O fulgor dos seus olhos dizia mais do que as palavras.

— Vim preparado para isso — disse Holmes, tirando do bolso vários papéis. — Aqui está um retrato do casal, tirado em York, há quatro anos. Está escrito «Senhor e senhora Vandeleur, mas a senhora não terá dificuldade em reconhecê-lo, e a ela também não, se a conhece de vista. Aqui estão três descrições, assinadas por testemunhas de confiança, do senhor e da senhora Vandeleur, que tinham uma escola particular em St. Oliver. Leia e veja se duvida da identidade dessas pessoas.

Ela olhou para os papéis, depois ergueu para nós o rosto que tinha a rigidez do desespero.

— Senhor Holmes, esse homem propôs-me casamento, se eu me divorciasse do meu marido. Ele mentiu-me, ɔ miserável, de todas as maneiras possíveis. E porquê?... Porquê?... Pensei que fosse por minha causa. Mas vejo agora que não passei de um instrumento nas suas mãos. Porque hei-de manter-me fiel a quem nunca me deu fidelidade? Porque hei-de protegê-lo das consequências da sua própria maldade? Pergunte-me o que quiser, que nada lhe esconderei. Uma coisa lhe juro e é isto: quando escrevi aquela carta, nunca pensei que qualquer mal pudesse acontecer ao bom do velho, que se mostrou sempre o meu melhor amigo.

— Acredito piamente, minha senhora — disse Holmes.

— O relatório dos acontecimentos ser-lhe-á penoso e talvez seja preferível eu contar o que sucedeu, e a senhora corrigir-me-á, se houver algum engano. Foi Stapleton quem lhe sugeriu que mandasse a carta?

— Ele ditou-a.

— Com certeza alegou que a senhora receberia auxílio de *Sir* Charles, para fazer face às despesas do divórcio?

— Exactamente.

— Depois de a senhora ter mandado a carta, ele dissuadiu-a de ir ao encontro?

— Disse-me que o seu amor-próprio ficaria ferido, se outro homem me desse dinheiro para tal fim e que, embora fosse pobre, estava disposto a gastar até ao último níquel, para remover os obstáculos que nos separavam.

— Ele parece muito coerente consigo próprio. E a senhora não soube de nada, até ler a notícia da tragédia, nos jornais?

— Não.

— E ele fê-la jurar que nada diria sobre o encontro marcado com *Sir* Charles?

— Fez. Disse que se tratava de morte misteriosa e que suspeitariam de mim, se os factos fossem conhecidos. Amedrontou-me, para que ficasse calada.

— Isso mesmo. Mas a senhora tinha as suas suspeitas?

Ela hesitou, baixando os olhos.

— Eu conhecia-o — respondeu. — Mas, se me tivesse sido fiel, também eu lhe guardaria fidelidade.

— Acho que, afinal de contas, deve dar graças aos céus por ter escapado — disse Holmes. — A senhora teve-o em seu poder e ele sabe disso, mas, apesar de tudo, está viva. Durante meses, a senhora andou à beira de um precipício. Agora, desejamos-lhe muito boa-tarde, senhora Lyons, e é provável que em breve tenha notícias nossas.

Enquanto esperávamos o rápido que vinha da cidade, Holmes disse:

— O nosso caso começa a completar-se e as dificuldades desaparecem, uma a uma. Em breve poderei coordenar uma narrativa simples, um dos mais extraordinários e sensacionais crimes dos tempos modernos. Os estudantes de criminologia lembrar-se-ão de incidentes análogos em Grodno, na Rússia, em 1866, e, naturalmente, o caso Anderson, na Carolina do Norte, mas este de agora tem traços absolutamente peculiares. Mesmo no ponto em que está, não temos um caso concreto, contra um homem tão astucioso. Mas muito me admirarei, se não estiver esclarecido, antes de irmos para a cama, hoje à noite.

O rápido de Londres entrou a rugir na estação e um homem pequeno, rijo e entroncado desceu de um vagão de primeira classe. Cumprimentámo-nos e logo vi, pela maneira respeitosa com que Lestrade olhou para o meu companheiro, que ele muito aprendera desde os dias em que inham começado a trabalhar juntos. Lembro-me ainda do sarcasmo que as teorias do raciocinador despertavam no homem prático..

— Algo de bom? — perguntou ele.

— O maior caso, em muitos anos — declarou Holmes. — Temos duas horas, antes de começar a agir. Acho que podemos passá-las a jantar. Depois, Lestrade, tiraremos a neblina de Londres dos seus pulmões, proporcionando-lhe uma golfada do ar puro de Dartmoor. Já lá esteve? Nunca? Pois bem, acho que não se esquecerá da sua primeira visita.

14

O CÃO DOS BASKERVILLES

Um dos defeitos de Sherlock Holmes, se é que se possa a isso chamar defeito, era não comunicar os seus planos integralmente, até ao momento de pô-los em prática. Com certeza isto vinha, em parte, do seu génio controlador, que gostava de dominar e surpreender os que se encontravam à sua volta. Em parte vinha da sua cautela profissional, que o incitava a não se arriscar. Mas o resultado era muito irritante, para aqueles que trabalhavam como seus agentes e assistentes. Eu próprio muito tenho sofrido com isso, mas nunca tanto como naquela longa caminhada pela escuridão. A maior prova estava à nossa frente; íamos finalmente fazer um último esforço e, apesar disso, Holmes nada dizia e eu apenas podia imaginar qual seria o seu plano de acção. Os meus nervos vibravam de antecipação, até que, finalmente, o vento frio que nos batia no rosto e os espaços negros de cada lado da vereda nos provaram que estávamos de novo na charneca. Cada passo dos cavalos e cada volta das rodas nos levavam para mais perto da suprema aventura.

A nossa conversa era prejudicada pela presença do cocheiro do carro alugado, de modo que tínhamos de falar de assuntos triviais, numa altura em que os nossos nervos estavam tensos de emoção e expectativa. Senti um alívio, quando, após aquele constrangimento, passámos pelo portão da casa de Frankland e vi que chegávamos perto de Baskerville e do terreno de acção. Não fomos de carro até à porta; descemos perto do portão da alameda. Pagámos ao cocheiro, mandámo-lo regressar a Coombe Tracy e enveredámos pelo caminho que levava a Merripit.

— Está armado, Lestrade?

O pequeno detective sorriu.

— Enquanto estiver de calças, tenho o meu bolso do lado e, enquanto tiver o meu bolso do lado, tenho uma coisa dentro dele.

— Muito bem! Watson e eu também estamos preparados para qualquer emergência.

— Está a ser muito reservado a respeito desse assunto, senhor Holmes. Qual é o jogo?

— Jogo de espera.

— Por Deus, não é um lugar muito alegre — disse o detective, com um estremecimento, olhando para as lúgubres encostas dos morros e para o grande véu de neblina sobre o atoleiro de Grimpen. — Vejo à nossa frente as luzes de uma casa.

— É a casa Merripit e o final da nossa jornada. Peço-lhes que andem nas pontas dos pés e não falem a não ser por murmúrios.

Caminhámos cautelosamente pela vereda, como se nos dirigíssemos para a casa, mas Holmes deteve-nos, quando nos achávamos a duzentos metros.

— Até aqui, basta — disse ele. — Aquelas rochas à direita fazem um óptimo biombo.

— Vamos esperar?

— Sim, ficaremos aqui de emboscada. Entre nesse buraco, Lestrade. Você conhece a casa por dentro, não conhece, Watson? Sabe a posição dos quartos? Que janelas são aquelas, de grade, do lado de cá?

— Creio que são as da cozinha.

— E a outra, onde brilha uma luz tão forte?

— É a sala de jantar.

— As persianas estão levantadas. Você conhece melhor o terreno. Vá até lá de mansinho e veja o que estão a fazer, mas, pelo amor de Deus, não deixe que percebam que os está a observar!

Fui na ponta dos pés até ao muro baixo que cercava o pomar enfezado. Caminhando pela sombra, cheguei a um ponto de onde podia ver através das janelas sem cortinas.

Só havia dois homens na sala, *Sir* Henry e Stapleton. Estavam de perfil para mim, de cada lado da mesa redonda. Ambos fumavam charutos, tendo à frente vinho e café. Stapleton falava com animação, mas o baronete estava pálido e distraído. Talvez pensasse, com apreensão, na volta solitária pela planície aziaga.

Stapleton ergueu-se e saiu da sala, enquanto *Sir* Henry enchia de novo o copo e se reclinava na cadeira, a fumar. Ouvi o ruídos de uma porta e o som áspero de sapatos no pedregulho. Os passos repercutiam no caminho do outro lado do muro, atrás do qual eu me escondia. Espreitando por cima, vi o naturalista parar diante da porta de uma casinhota, ao fundo do pomar. Uma chave girou na fechadura. Quando ele entrou, ouvi um ruído estranho, lá dentro. Demorou-se apenas um minuto, depois ouvi de novo o girar da chave e vi-o voltar para dentro de casa. Vi-o ainda reunir-se ao convidado e fui então para perto dos meus amigos, contar o que presenciara.

— Quer dizer que a jovem não estava lá? — perguntou Holmes, quando acabei de falar.

— Não.

— Onde poderá estar, já que não há outra luz, a não ser na cozinha?

— Francamente, não sei.

Já contei que havia uma neblina densa sobre o atoleiro de Grimpen. Vinha na nossa direcção e, daquele lado, formava uma parede baixa, mas pesada e bem definida. A Lua brilhava, fazendo com que parecesse um campo de gelo, vendo-se ao longe, imprecisamente, os montes rochosos. Holmes olhou para lá e resmungou com impaciência.

— Dirige-se para o nosso lado, Watson.

— Acha isso grave?

— Muito grave, a única coisa que poderia perturbar os nossos planos. Ele não poderá demorar, agora. Já são dez horas. O nosso êxito e a vida do nosso amigo talvez dependam do facto de ele sair de lá, antes que a neblina atinja a vereda.

A noite estava bela e límpida sobre as nossas cabeças. As estrelas brilhavam e a meia-lua banhava o cenário com uma luz suave, incerta. Diante de nós, erguia-se a casa, com as suas chaminés e o seu telhado de serra, bem definida contra o céu prateado. Largas barras de luz dourada, vindas das janelas do andar térreo, desenhavam-se no chão do pomar e do pântano. Uma dessas luzes apagou-se. Os criados tinham saído da cozinha. Restava a lâmpada da sala de jantar, onde dois homens, o anfitrião assassino e o convidado inconsciente ainda conversavam, fumando.

A neblina aproximava-se cada vez mais. Já os primeiros fiapos se encaracolavam sobre o quadrado de ouro da janela

iluminada. A parede do fundo do pomar tornara-se invisí
vel e as árvores pareciam surgir de um redemoinho de va
por esbranquiçado. Coroas de névoa vieram, arrastando-se
à volta de ambos os cantos da casa, juntar-se lentamente
e formar densa nuvem, até que o andar superior e o telhado
se transformaram numa espécie de navio estranho sobre
um mar sombrio. Holmes bateu com a mão na rocha à sua
frente, raivosamente.

— Se ele não sair dentro de um quarto de hora, a vereda ficará coberta. E, daqui a meia hora, já não poderemos
ver nem as próprias mãos à nossa frente.

— Vamos retirar-nos um pouco, para um ponto mais
alto?

— Sim, acho melhor.

Afastámo-nos até à distância de oitocentos metros da
casa, mas, apesar disso, o mar denso e branco, com o friso
prateado em cima, reflectido pela Lua, continuava lenta
e inexoravelmente a vir para o nosso lado.

— Estamos a afastar-nos de mais — disse Holmes. —
Não podemos correr o risco de vê-lo atacado, antes que nos
alcance. Temos de ficar aqui, a todo o custo. — Holmes
ajoelhou-se e pôs o ouvido no chão. — Graças a Deus,
creio que o ouço aproximar-se.

O som de passos rápidos quebrou o silêncio da charneca. Agachados no meio das pedras, perscrutámos a muralha
à nossa frente. Os passos tornaram-se mais fortes e, do
meio da névoa, como que através de uma cortina, saiu
o homem por quem esperávamos. Olhou à volta, admirado,
quando entrou na noite clara e iluminada. Depois, cami-
nhou rapidamente pela vereda, passou perto do ponto
onde estávamos escondidos e continuou, subindo a longa

rampa atrás de nós. Olhava continuamente por cima do ombro, como quem não se sentisse à vontade.

— Alerta! — disse Holmes e no mesmo instante ouvi o ruído de um revólver engatilhado. — Olhem! Vem ali!

Percebemos um som de patas, fraco, contínuo, dentro da cortina de névoa, que estava agora a cinquenta metros do ponto onde nos encontrávamos. Para lá olhámos, os três, sem saber qual o horror que dali sairia. Eu estava ao lado de Holmes e, por um momento, olhei para o seu rosto. Vi-o pálido e exultante, com olhos que brilhavam ao luar. Mas, de repente, o seu olhar ficou parado, os lábios entreabriram-se, admirados. No mesmo instante, Lestrade soltou um grito de pavor e atirou-se de bruços para o chão. Dei um salto, com o revólver na mão inerte, a mente paralisada, ao ver a coisa horrível que pulava para nós, saindo da neblina. Era um sabujo, sim, um enorme e negro cão de caça, mas de um tipo jamais visto por olhar humano. Saía fogo da sua boca aberta, os olhos tinham um fulgor estranho, o focinho chamejava. Nunca, nem mesmo no delírio da loucura, se poderia conceber coisa mais selvagem, mais aterradora, mais diabólica, do que aquele vulto escuro, de focinho chamejante, que surgiu da cortina de névoa.

Com grandes pulos, o ser negro e enorme cobria a vereda, seguindo no encalço do nosso amigo. Ficámos paralisados com tal aparição, a ponto de permitir que passasse por nós sem que recuperássemos o sangue-frio. Depois, Holmes e eu atirámos ao mesmo tempo e o animal soltou um rugido pavoroso, indicando que, pelo menos, fora atingido. Apesar disso, não parou. Vimos *Sir* Henry, mais adiante, olhar para trás, o rosto lívido, ao luar, as mãos erguidas num gesto horrorizado, olhando impotente para a coisa selvagem que o perseguia.

Contudo, o grito de dor da fera dissipara todos os nossos receios. Já que era vulnerável, era mortal; e, já que tínhamos podido feri-la, poderíamos matá-la. Nunca vi um homem correr como Holmes correu naquela noite. Sou reconhecidamente ligeiro, mas ele ultrapassou-me, assim como eu passei à frente do detective profissional. Ouvíamos diante de nós os gritos de *Sir* Henry e o rosnar profundo do cão. Cheguei a tempo de ver o animal pular sobre a vítima, deitá-la ao chão e atirar-se à sua garganta. No momento seguinte, Holmes descarregava nele cinco balas de revólver. Com um último grito de dor e uma raivosa reviravolta no ar, o cão caiu de costas, as quatro patas movendo-se furiosamente; depois, imobilizou-se. Parei, ofegante, e encostei o revólver à cabeça do terrível animal, mas não foi preciso apertar o gatilho. O cão gigantesco estava morto.

Sir Henry estava inerte, onde caíra. Abrimos-lhe o colarinho e Holmes balbuciou uma prece de gratidão, quando verificou que não fora ferido e que tínhamos chegado a tempo. As pálpebras de *Sir* Henry estremeceram e ele fez um pequeno esforço para se mover. Lestrade enfiou-lhe entre os dentes um frasco de conhaque; dali a segundos, dois olhos aterrorizados fitaram-nos.

— Meu Deus! — murmurou *Sir* Henry. — O que era? Em nome de todos os deuses, o que era aquilo?

— Está morto, seja o que for — disse Holmes. — Acabámos com o fantasma da família, de uma vez por todas.

O animal que jazia a nossos pés era terrível, em tamanho e força. Não era um cão de caça puro e não era um mastim puro. Parecia uma combinação dos dois: magro, selvagem e do tamanho de uma leoazinha. Mesmo agora, na imobilidade da morte, das mandíbulas imensas parecia sair uma chama azul e os olhos pequenos e cruéis estavam cercados de fogo. Pus a mão no focinho reluzente e, quando a ergui, também os meus dedos brilharam na escuridão.

— Fosforescente — disse eu.

— Uma fórmula hábil — observou Holmes, cheirando o animal morto. — Não tem odor que pudesse interferir com o faro. Devemos-lhe uma desculpa, *Sir* Henry, por tê-lo exposto a este pânico. Eu estava preparado para ver um cão, mas não uma coisa destas. E a neblina deu-nos pouco tempo para o receber.

— Os senhores salvaram-me a vida.

— Expondo-a, primeiro, ao perigo. É capaz de se pôr de pé?

— Dê-me mais um gole daquele conhaque e estarei pronto para tudo. Agora! Se quiserem ajudar-me... Que pretendem fazer?

— Deixá-lo aqui. Não está em condições de novas aventuras, hoje à noite. Se quiser esperar, um de nós voltará consigo para a mansão.

Ele tentou ficar de pé, mas continuava lívido e trémulo. Ajudámo-lo a ir até uma rocha, onde se sentou, escondendo o rosto nas mãos.

— Vamos deixá-lo aqui — disse Holmes. — Precisamos de concluir o nosso trabalho e cada minuto é precioso. Temos, agora, o nosso caso e só nos falta o homem.

— Pode-se apostar um contra mil que ele não estará em casa — continuou Holmes, quando nos dirigimos rapidamente para Merripit. — Aqueles tiros devem ter-lhe provado que chegou o fim.

— Estávamos a certa distância e talvez a neblina tenha abafado o som — repliquei.

— Garanto que ele seguiu o cão, para o chamar. Não, desta vez, fugiu! Mas vamos fazer busca à casa, para termos a certeza.

A porta da frente estava aberta. Entrámos e percorremos rapidamente os quartos, um por um, para espanto do velho criado, que nos encontrou no corredor. Não havia luz, a não ser na sala de jantar, mas Holmes pegou no candeeiro e não deixou um único canto sem ser revistado. Não havia sinal do homem que procurávamos. No andar de cima, um dos quartos estava fechado.

— Há alguém aqui! — exclamou Lestrade. — Ouço movimentos. Abra esta porta!

De dentro, veio um gemido abafado. Holmes deu com a sola do sapato uma pancada acima da fechadura e a porta abriu-se. De revólver em punho, entrámos os três no quarto.

Mas não havia ali sinal do homem mau e violento que pensávamos encontrar. Em vez disso, demos com um objecto estranho e inesperado, que por um momento ficámos a olhar, atónitos.

O aposento era uma espécie de museu, as paredes cobertas de caixas, com vidro em cima, cheias de borboletas e insectos que tinham sido a distracção daquele homem de génio perigoso e complexo. Ao centro, havia uma viga em pé, que numa qualquer época fora ali colocada como reforço do apodrecido vigamento do forro. A esse poste estava presa uma pessoa, tão coberta pelos lençóis, usados para a amarrar, que, no primeiro momento, não se podia dizer se era um homem ou mulher. Uma toalha estava passada à volta do pescoço e presa atrás do pilar. Outra cobria a parte debaixo do rosto. Acima, dois olhos negros —

cheios de dor, de vergonha e de horrorizada interrogação. Arrancámos imediatamente a mordaça e desatamos os laços. A senhora Stapleton caiu no chão, diante de nós. A bela cabeça tombou sobre o peito e vi o nítido vergão feito por um chicote, no pescoço.

— Que bruto! — exclamou Holmes. — Depressa, Lestrade, o seu frasco de conhaque! Faça-a sentar-se numa cadeira! Desmaiou por exaustão e maus-tratos.

A mulher abriu os olhos.

— Ele está bem? — perguntou. — Escapou?

— Ele não poderá escapar-nos, minha senhora.

— Não, não, não falo de meu marido. *Sir* Henry?... Está bem?

— Sim, está.

— E o cão?

— Morto.

Ela soltou um longo suspiro de satisfação.

— Graças a Deus! Graças a Deus! Oh, o miserável! Vejam como me tratou!

Puxou as mangas e vimos, horrorizados, que estava cheia de manchas e equimoses.

— Mas isto não é nada, nada! Torturou-me e corrompeu-me a mente e a alma. Eu podia ter suportado tudo: maus-tratos, solidão, uma vida de desenganos, tudo, contanto que ainda acreditasse no seu amor. Mas agora sei que também nisso fui enganada e apenas lhe servi de instrumento.

Rompeu em soluços.

— A senhora nada tem a agradecer-lhe — disse Holmes. — Conte-nos, então, onde o poderemos encontrar. Se o ajudou no mal, procure reabilitar-se, ajudando-nos, agora.

— Só há um lugar para onde pode ter fugido — disse ela. — Há uma velha mina de estanho numa ilha, no coração do atoleiro. Era lá que ele guardava o cão, pois preparava-se para ali ter um refúgio, em caso de necessidade. Deve ter fugido para lá.

A neblina parecia neve branca contra a janela. Holmes ergueu o candeeiro.

— Vejam — disse ele. — Ninguém poderia orientar-se no atoleiro de Grimpen, hoje à noite.

Ela riu e bateu palmas. Os seus olhos e dentes brilharam, com feroz alegria.

— Ele pode encontrar o caminho para entrar, mas nunca para sair — disse ela. — Como poderia descobrir as varinhas, hoje à noite? Nós colocámo-las juntos, ele e eu, para marcar o caminho pelo atoleiro. Oh, se eu tivesse podido arrancá-las, hoje! Então sim, os senhores tê-lo-iam à vossa mercê.

Era evidente que qualquer perseguição seria impossível, até a neblina desaparecer. Deixámos Lestrade a tomar conta da casa e Holmes e eu acompanhámos o baronete até à mansão. Já não podíamos ocultar-lhe a história dos Stapleton mas ele recebeu corajosamente o golpe, quando soube a verdade a respeito da mulher que amava. Mas o choque das aventuras daquela noite tinha-lhe abalado os nervos e antes do amanhecer estava a delirar, com o doutor Mortimer à sua cabeceira.

Ambos iriam viajar à volta do mundo e só depois disso *Sir* Henry voltaria a ser o homem forte e alegre que fora, antes de herdar a malfadada propriedade.

Chego agora à rápida conclusão desta narrativa, na qual tentei fazer com que os leitores participassem dos negros terrores e das vagas conjecturas que perturbaram as nossas vidas, durante tanto tempo, culminando de maneira tão trágica. Na manhã seguinte à morte do cão, a neblina desaparecera e a senhora Stapleton levou-nos ao ponto onde tinham feito um caminho através do charco. Compreendemos o horror da vida daquela mulher quando vimos com que entusiasmo e alegria ela nos pôs na pista do marido. Deixando-a em terreno firme, penetrámos no lodaçal. Uma varinha, enfiada aqui e acolá, indicava o caminho em ziguezague, de moita em moita de junco, no meio das fétidas poças esverdeadas. Caniços e viscosas plantas aquáticas atiravam-nos para o rosto um vapor pesado e um cheiro de coisas apodrecidas. Um passo em falso mais de uma vez nos fez mergulhar na lama trémula e escura, que durante alguns metros se sacudia em suaves ondulações, sob os nossos pés. As suas garras obstinadas apanhavam-nos os calcanhares enquanto caminhávamos e, quando nos desviávamos do caminho, era como se uma mão maligna nos puxasse para perversas profundezas, tão forte era o seu enlaço.

Somente uma vez vimos o sinal de que alguém passara por aquele perigoso caminho antes de nós. Um objecto sobressaía numa moita. Holmes afundou-se até à cintura, quando saiu do caminho para apanhar o objecto, e se não estivéssemos ali para o puxar, nunca mais teria posto pé em terra firme. Ele ergueu o sapato preto do nosso amigo *Sir* Henry, que fora roubado.

— Atirado para ali por Stapleton, na fuga.

— Exactamente. Ficou com ele na mão, depois de ter posto o cão no encalço da vítima. Fugiu, quando percebeu que chegara o fim, ainda com o sapato na mão. E atirou-o fora neste sítio. Pelo menos sabemos que até aqui chegou são e salvo.

Nada mais do que isso conseguiríamos apurar, embora muito pudéssemos supor. Não havia a mínima probabilidade de se encontrarem pegadas na lama, mas, quando finalmente chegámos a terra firme, para além do charco, procurámos avidamente por elas. Se a terra estivesse a contar a verdade, então Stapleton nunca alcançara a ilha do refúgio, para onde se dirigira através da neblina, naquela noite. Em algum ponto, no coração do grande atoleiro de Grimpen, no meio do lodo fétido, estava aquele homem frio e cruel enterrado para sempre.

Encontrámos muitos vestígios dele, na ilha onde escondera o selvagem aliado. Uma enorme roda de máquina e um galpão cheio de lixo indicavam a posição da mina abandonada. Ao lado, em ruínas, havia as cabanas dos mineiros, que provavelmente tinham fugido ao cheiro desagradável do paul. Numa delas, encontrámos uma corrente e uma quantidade de ossos, indicando onde vivera o animal. E ainda um esqueleto, com um monte de pêlos castanhos.

— Um cão! — exclamou Holmes. — Por Deus, um cachorrinho de pêlo crespo. — O pobre Mortimer nunca mais verá o seu querido animalzinho. Pois bem, parece-me que este lugar já não tem segredos para nós. Ele podia esconder o cão, mas não podia impedir-lhe a voz e, daí, os uivos que mesmo de dia nada tinham de agradável. Numa emergência, ele guardava o cão na casinhota do quintal, em Merripit, mas era sempre arriscado e somente no último dia, que ele considerava a coroação dos seus esforços, ousara levá-lo para lá. Esta pasta aqui na lata deve ser a mistura

fosforescente com que untava o animal. Foi-lhe, naturalmente, sugerida pela história do cão-fantasma da família
e pelo desejo de assustar *Sir* Charles. Não é de admirar que
o pobre criminoso corresse e gritasse (assim como o nosso
amigo *Sir* Henry e como nós poderíamos ter feito) quando
viu semelhante ser a correr pelo pântano, no seu encalço.
Foi uma ideia astuta, essa do assassino, pois, além de ajudar
a causar a morte da vítima, impedia a aproximação dos
camponeses. Qual deles ousaria aproximar-se para examinar essa coisa, mesmo que a visse na charneca, como muitos viram? Eu disse, em Londres, Watson, e repito agora,
que nunca tivemos inimigo mais perigoso do que aquele
que lá está...

Ao dizer isto, Holmes apontou com o braço comprido
para o lodaçal manchado de verde, que se estendia até chegar às rampas avermelhadas da charneca.

15

RETROSPECÇÃO

Fins de Novembro. Numa noite fria e nevoenta, Holmes e eu estávamos sentados, perto do lume, na nossa saleta em Baker Street. Depois do final trágico da nossa visita a Devonshire, ele dedicara-se a dois casos de suma importância. No primeiro, desmascarara a atroz conduta do coronel Upwood, em relação ao escândalo no jogo, no Clube Nonpareil; no segundo, defendera a infeliz senhora Montpensier, acusada do assassínio da sua enteada, a menina Carère, que, seis meses mais tarde, surgiu viva e casada, em Nova Iorque. O meu amigo estava muito animado com o sucesso de casos tão difíceis e importantes, de modo que consegui induzi-lo a discutir os pormenores do caso Baskerville. Esperara pacientemente por essa oportunidade, pois sabia que ele não permitia que um caso ultrapassasse o seu tempo. A mente clara e lógica de Holmes não gostava de se abstrair de um caso presente para se deter em lembranças do passado. Mas *Sir* Henry e o doutor Mortimer estavam em Londres, a caminho da longa viagem recomendada para o restabelecimento dos nervos do baronete. Tinham vindo visitar-nos naquela tarde, de modo que era natural que o assunto viesse à baila.

— O curso dos acontecimentos, sob o ponto de vista de um homem que se chamava Stapleton, foi simples e directo — disse Holmes. — Mas, para nós, que não tínhamos meios de saber os motivos dos seus actos e conhecíamos apenas parte dos factos, tudo parecia muito complexo. Tenho sobre si a vantagem de ter conversado duas vezes com a senhora Stapleton e o caso agora está tão claro, que acho que não tem para nós nenhum segredo. Poderá encontrar algumas notas no meu ficheiro, na letra B.

— Talvez me queira fazer um resumo, de memória.

— Sem dúvida, embora não possa garantir que tenha todos os factos na cabeça. O advogado que tem o seu caso na ponta da língua e é capaz de discutir com um perito sobre a especialidade deste, vê que uma ou duas semanas dedicadas a outro processo bastam para fazer com que se esqueça de tudo. Assim também, cada um dos meus casos afasta o outro e o da menina Carère apagou as minhas recordações do caso Baskerville. Amanhã, outro problema me ocupará o cérebro e, por sua vez, tomará o lugar do caso da linda francesa e do infame Upwood. Quanto ao caso do Cão dos Baskervilles, vou narrar-lhe os acontecimentos da melhor maneira possível e você poderá sugerir qualquer coisa de que me tenha esquecido.

Holmes continuou:

— As minhas pesquisas indicaram que, sem a menor dúvida, o retrato de família não mentira e que o sujeito era de facto um Baskerville. Era filho de Rodger Baskerville, o irmão mais novo de *Sir* Charles, aquele que devido à sua má reputação fugira para a América do Sul, onde, diziam, morrera solteiro. Mas na verdade casara-se e tivera um filho, que conhecemos como Stapleton e que na realidade tinha o mesmo nome do pai. O filho casou-se com Beryl Garcia, uma das beldades da Costa Rica. Tendo roubado considerável quantia de dinheiro público, mudou o nome para Vandeleur e fugiu para Inglaterra, onde montou uma escola, a leste de Yorkshire. A razão para isto foi ter conhecido a bordo um professor tuberculoso, aproveitando-se da habilidade desse homem para obter êxito. Frazer, o professor, morreu, e a escola, que começara tão bem, decaiu, tornando-se mal afamada. Os Vandeleurs acharam preferível mudar o nome para Stapleton. O homem trouxe o resto da sua fortuna, os planos para o futuro e o gosto por entomologia para o Sul de Inglaterra. Fiquei a saber, no Museu Britânico, que ele era uma autoridade no assunto, e que o nome Vandeleur foi mesmo dado a um tipo de insecto descoberto por ele, em Yorkshire.

»Chegamos agora ao ponto em que os seus actos provaram ser de tanto interesse para nós. O sujeito certamente andara a indagar e descobriu que somente duas vidas se interpunham entre ele e a propriedade. Creio que, quando foi para Devonshire, os seus planos eram muito vagos, mas evidentemente as suas intenções não eram boas desde o princípio, pois fez a esposa passar por irmã. A ideia de utilizá-la como isco estava clara no seu espírito, embora talvez não tivesse a certeza quanto aos pormenores do plano. Pretendia conseguir a herança e estava pronto a usar todos os meios e instrumentos para atingir o seu objectivo. O seu primeiro acto foi instalar-se perto da mansão e o segundo cultivar a amizade de *Sir* Charles e dos vizinhos.

»*Sir* Charles contou-lhe a lenda do cão e, assim, preparou o caminho para a própria morte. Stapleton (continuarei a chamá-lo assim) sabia que o velho sofria do coração e que um choque o mataria. A informação fora-lhe dada pelo doutor Mortimer. Soubera também que *Sir* Charles era supersticioso e que tomava a sério a sinistra lenda. A sua imaginação engenhosa logo lhe sugeriu um meio de causar a morte do baronete, sem que o crime lhe pudesse ser imputado.

»Feito o plano, começou a tratar da sua execução com grande subtileza.

»Qualquer pessoa vulgar se contentaria com um cão selvagem. O emprego de meios artificiais para tornar o animal diabólico foi um rasgo genial da sua parte. Comprou o cão em Londres, de *Ross and Mangles* em Fulham Road. Era o mais forte e o mais selvagem que eles possuíam. Stapleton levou-o pela linha North Devon e fez uma grande caminhada pelo pântano, para levá-lo para casa, sem provocar comentários. Nas suas excursões à procura de insectos, aprendera a andar pelo atoleiro de Grimpen e conhecia um bom esconderijo para o animal. Ali o deixou, esperando a sua oportunidade.

»Esta levou tempo a chegar. O velho não podia ser atraído para longe de casa, à noite. Várias vezes Stapleton ficou à espreita, com o cão, mas sem resultado. Foi durante uma dessas inúteis excursões que ele, ou antes, o seu aliado, foi visto pelos camponeses, e a lenda do cão diabólico foi confirmada. Ele esperara que a sua mulher conduzisse *Sir* Charles ao desastre, mas viu-a inesperamente independente. Ela não quis atrair o velho a uma aventura sentimental que o deixaria à mercê do inimigo. Nem ameaças nem, sinto dizê-lo, golpes conseguiram demovê-la. Não quis ajudar o marido e Stapleton ficou mais ou menos de mãos atadas.

»Viu porém a sua oportunidade quando *Sir* Charles, que simpatizara com ele, o tornou seu intermediário, num caso de caridade, o da pobre senhora Lyons. Passando por solteiro, Stapleton adquiriu grande influência sobre aquela senhora, dando-lhe a entender que se casariam, se ela obtivesse o divórcio. Os planos correram o risco de malograr, quando ele soube que *Sir* Charles ia deixar a mansão, a conselho do doutor Mortimer. Precisava de agir imediatamente, senão a vítima fugir-lhe-ia. Insistiu, portanto, com a senhora Lyons, para que escrevesse a carta, implorando ao velho uma entrevista na noite anterior à partida para Londres. Depois, com um argumento astucioso, impediu-a de ir e, assim, obteve a oportunidade desejada.

»Ao voltar de Coombe Tracy, teve tempo de ir buscar o cão, untá-lo com o preparado fosforescente e trazê-lo ao portão, tendo quase a certeza de que o velho estaria à espera. Incitado pelo dono, o cão saltou sobre a cerca e perseguiu o infeliz baronete, que fugiu aos gritos, pela alameda de teixos. Naquele túnel sombrio, devia ter sido realmente um espectáculo pavoroso, o animal imenso e negro, soltando fogo pela boca e pelos olhos e correndo atrás da vítima. *Sir* Charles caiu morto, no fim da alameda. O animal conservava-se na faixa de relva, enquanto *Sir* Charles corria, de modo que não havia sinal de patas. Ao vê-lo caído, provavelmente o animal aproximou-se para o cheirar, mas afastou-se ao vê-lo morto. Foi aí que deixou a marca vista pelo doutor Mortimer. O cão foi chamado pelo dono, que o levou à pressa para o atoleiro de Grimpen, e o mistério deixou perplexas as autoridades, alarmou a região e finalmente fez com que o caso viesse parar às nossas mãos.

»Isto, quanto à morte de *Sir* Charles. Você percebe a diabólica astúcia, pois seria quase impossível provar a culpa do verdadeiro assassino. O único cúmplice jamais poderia traí-lo e a natureza grotesca, inconcebível, da massa fosforescente serviu para tornar mais eficaz o truque. Ambas as mulheres ligadas ao caso, a senhora Stapleton e a senhora Lyons, suspeitaram de Stapleton. A sua mulher sabia que ele tinha planos a respeito do velho e conhecia a existência do cão. A senhora Lyons não sabia dessas coisas, mas ficara impressionada com a morte ocorrida à hora de uma entrevista cancelada e só dele conhecida. Apesar disto, estavam ambas sob a sua influência e ele nada tinha a temer por esse lado. A primeira metade do seu plano fora coroada de êxito, mas restava a mais difícil.

»É possível que Stapleton não soubesse da existência de um herdeiro, no Canadá. De qualquer maneira, viria logo a saber disso por intermédio do seu amigo, o doutor Mortimer, que lhe contou os pormenores da chegada de *Sir* Henry. A primeira ideia de Stapleton foi que havia possibilidade de acabar com *Sir* Henry em Londres, antes que viesse para Devonshire. Não confiava na esposa, desde que ela se recusara a preparar uma armadilha para o velho, e não ousava deixá-la só por muito tempo, com medo de perder a influência que exercia sobre ela. Foi por esse motivo que a trouxe para Londres. Fiquei a saber que se hospedaram no Mexborough Private Hotel, em Craven Street, que foi um dos visitados por Cartwright, à procura do jornal. Ali deixou a mulher presa no quarto e, disfarçando-se com uma barba postiça, seguiu o doutor Mortimer até nossa casa e depois ao Hotel Northumberland. A sua mulher desconfiava dos planos, mas tinha tanto medo do marido (medo baseado em maus-tratos), que não ousou escrever com a sua letra o aviso que enviou ao homem cuja vida ela sabia em perigo. Se a carta caísse nas mãos de Stapleton, ela própria não estaria segura. Adoptou, como sabemos, o método de recortar no jornal palavras que formassem um aviso e escreveu o envelope com uma letra disfarçada. A carta chegou às mãos do baronete e foi o primeiro sinal de perigo.

»Era imprescindível a Stapleton conseguir uma peça de roupa de *Sir* Henry para que, se utilizasse o cão, este pudesse guiar-se pelo faro. Com a sua característica presteza e audácia, pôs-se imediatamente em campo e não podemos duvidar de que um dos empregados do hotel tenha sido subornado para roubar o sapato. Por coincidência, o primeiro sapato roubado era novo, de modo que de nada lhe valeria. Fez com que fosse devolvido e obteve outro incidente muito elucidativo, pois convenceu-me de que estavam a lidar com um cão verdadeiro, pois nenhuma outra suposição explicaria o desejo de obter um sapato velho e a indiferença demonstrada por um novo. Quanto mais grotesco é um incidente, mais merece ser examinado e o ponto que parece complicar um caso, quando devida e cientificamente examinado, é em geral o mais propício a elucidá-lo.

»Depois, recebemos a visita dos nossos amigos no dia seguinte e vimos que foram seguidos por um homem, de carro. Pelo facto de Stapleton conhecer a nossa residência e a minha pessoa, assim como pela sua conduta em geral, quero crer que a sua carreira criminosa não se limitara a esse caso Baskerville. Fiquei a saber que, nos últimos três anos, houve quatro grandes roubos na região a oeste, e que o criminoso nunca foi preso. O último roubo, em Maio, em Folkestone, chamou a atenção pelo sangue-frio com que assassinaram um dos lacaios, que surpreendeu o ladrão mascarado. Não duvido de que Stapleton tenha melhorado as suas débeis finanças deste modo e que, durante anos, tenha sido um homem perigoso.

»Tínhamos um exemplo dos seus recursos e sangue-frio, naquela manhã, quando nos escapou tão brilhantemente; e também da sua audácia, quando deu o meu nome ao cocheiro, como sendo eu. Desde aquele momento, achou que eu aceitara o caso em Londres e que, portanto, aqui não havia esperanças de êxito. Voltou para Dartmoor e esperou pela chegada de *Sir* Henry.

— Um momento! — disse eu. — Não há dúvida de que você descreveu com exactidão os factos, mas há um ponto que deixou sem explicação. Que acontecia com o cão, quando o dono estava em Londres?

— Pensei nisso e é certamente importante. Não há dúvida de que Stapleton tinha um confidente, embora não seja plausível que se tenha colocado nas suas mãos, contando-lhe os planos. Havia um velho criado em Merripit, chamado Antony. Verifiquei que estava ao serviço do casal há vários anos, desde os tempos em que o homem tinha a escola, de modo que devia saber que o patrão e a patroa eram casados. Esse homem desapareceu do país. Repare que Antony não é um nome comum em Inglaterra, ao passo que Antonio é muito comum nos países espanhóis ou hispano-americanos. Assim como a senhora Stapleton, ele falava bem o inglês, mas com certo sotaque. Eu próprio vi esse criado atravessar o atoleiro e tomar o caminho marcado por Stapleton. É, pois, muito provável que, na ausência do patrão, tratasse do cão, embora nunca tivesse chegado a saber para que servia o animal.

»Os Stapleton foram para Devonshire, sendo logo seguidos por si e por *Sir* Henry. Uma palavra, agora, quanto à minha posição, naquele momento. Talvez se lembre de que, ao examinar o papel onde tinham sido coladas as palavras, procurei com atenção uma marca qualquer. Ao fazê-lo, conservei o papel a pequena distância dos olhos e percebi um ligeiro perfume, conhecido como jasmim branco. Existem setenta e cinco perfumes e é necessário que o especialista em crimes saiba distinguir um do outro. Mais de uma vez, um caso dependeu do pronto reconhecimento de um odor. O perfume sugeriu a presença de uma dama e já a minha atenção se voltara para os Stapleton. Assim sendo, indaguei a respeito de um cão e, antes mesmo de ir para a charneca, já adivinhara quem era o criminoso.

»Era o meu papel vigiar o Stapleton. Evidentemente, não podia fazê-lo se estivesse com vocês, pois isto pô-lo-ia imediatamente em guarda. Enganei todos, portanto, inclusive você, e para lá fui secretamente, enquanto me julgavam em Londres. O meu desconforto não foi tão grande como pensaram e, mesmo que fosse, essas coisas pequenas não devem interferir na investigação de um crime. Fiquei a maior parte do tempo em Coombe Tracy e só ia para a cabana da charneca quando via necessidade de estar perto do terreno de acção. Cartwright acompanhara-me e, disfarçado de menino do campo, muito auxiliou. Era quem me levava comida e roupa lavada. Quando eu vigiava Stapleton, geralmente Cartwright estava a observá-lo a si, de maneira que eu mantinha-me assim a par de tudo.

»Já lhe disse que os seus relatórios me chegavam logo às mãos, sendo mandados imediatamente de Baker Street para Coombe Tracy. Muito me valeram, principalmente aquela parte a respeito da vida de Stapleton, como professor. Isto permitiu-me estabelecer a identidade do homem e da mulher; finalmente vi em que pé estava. O caso fora excessivamente complicado, até então, pela fuga do criminoso e pelas relações entre ele e os Barrymore. Também este ponto você esclareceu com muita eficiência, embora eu já tivesse chegado às mesmas conclusões.

»Quando me descobriu, na charneca, eu já tinha um conhecimento total do caso, mas não podia apresentar o assunto ao júri. Até mesmo a tentativa de Stapleton contra *Sir* Henry, naquela noite, que redundou na morte do infeliz bandido, não nos ajudou a provar que era ele o criminoso. Parecia não haver outra alternativa que não fosse apanhá-lo em flagrante, e para isso tínhamos de expor *Sir* Henry ao perigo, como isco e aparentemente desprotegido. Foi o que fizemos e, a custo de um grande choque para o nosso cliente, conseguimos fechar o caso e levar Stapleton à destruição. Confesso que expor *Sir* Henry daquela maneira foi uma falha na minha maneira de conduzir o caso, mas não tínhamos meios de imaginar o espectáculo terrível e paralisador que seria dado pela fera iluminada, e nem podíamos contar com a neblina que surgiu tão inesperadamente. Conseguimos o nosso resultado a um preço que tanto o doutor Mortimer como o especialista garantem que será passageiro. Uma longa viagem permitirá ao nosso amigo não somente ficar bom dos nervos, como esquecer a mágoa sentimental. O seu amor pela dama era profundo e sincero e, para ele, a parte mais triste da história toda foi ter sido enganado por ela.

»Resta falar do papel representado pela senhora Stapleton. Não há dúvida de que o marido exercia sobre a mulher uma influência que pode ter tido como causa o amor ou o medo, ou talvez ambos, já que não são incompatíveis esses sentimentos. Foi, pelo menos, eficaz. Por ordem do marido, ela consentiu em passar por sua irmã, embora tivesse reagido quando ele tentou torná-la sua cúmplice num crime de morte. Estava pronta a prevenir *Sir* Henry, contanto não denunciasse o marido, e mais de uma vez tentou fazê-lo. Parece que Stapleton era capaz de ciúme, pois quando viu o baronete a cortejar a sua mulher, e embora isso fizesse parte do plano, não pôde deixar de protestar ferozmente, revelando assim o génio violento que o autodomínio tão habilmente ocultava. Encorajando a intimidade entre ambos, conseguiu fazer com que *Sir* Henry frequentasse a casa e viu que, mais cedo ou mais tarde, haveria de ter a sua oportunidade. Mas, no dia decisivo, a mulher voltou-se repentinamente contra ele. Ouvira qualquer coisa sobre a morte do bandido, sabia que o cão estava na casinhota, no quintal, na noite em que *Sir* Henry ia jantar. Acusou o marido de premeditação e seguiu-se uma cena violenta, tendo ele pela primeira vez contado que havia uma outra, uma rival. A fidelidade da mulher transformou-se de repente em ódio e ele percebeu que seria traído. Amarrou-a, portanto, para que não pudesse prevenir *Sir* Henry, à espera, evidentemente, que todos atribuíssem a morte de *Sir* Henry à maldição da família. Depois do facto consumado, esperava reconquistar a mulher e conseguir que se calasse. Creio que neste ponto ele se enganou e que, mesmo que não tivéssemos feito com que o plano malograsse, a sua ruína seria inevitável. Uma mulher de sangue espanhol não perdoa facilmente aquele tipo de ofensa. E agora, caro Watson, sem consultar as minhas notas, não posso dar-lhe mais pormenores do curioso caso. Creio que nada de essencial ficou sem explicação.

— Ele não poderia matar *Sir* Henry de susto, como aconteceu com o tio, ao ver o cão-fantasma — observei.

— O animal era selvagem e estava meio faminto. Se a sua aparência não bastasse para matar a vítima, pelo menos impediria qualquer resistência.

— Sem dúvida. Mas há outro ponto. Se Stapleton viesse reclamar a herança, como poderia explicar que ele, o herdeiro, vivera tão perto da propriedade, com um nome falso, sem se dar a conhecer? Como poderia apresentar-se, sem causar suspeitas e investigações?

— O argumento é, de facto, tremendo e creio que é esperar de mais pedir-me que resolva este ponto. O passado e o presente dizem-me respeito, mas adivinhar o que faria um homem no futuro é muito difícil. A senhora Stapleton ouviu o marido falar sobre isso muitas vezes. Havia três caminhos. Ele poderia reclamar a propriedade, da América do Sul, provando a sua identidade às autoridades britânicas locais e, assim, entrar na posse da fortuna, sem vir a Inglaterra; poderia adoptar um disfarce, no curto período em que tivesse de ficar em Londres; ou, então, poderia dar a um cúmplice os seus documentos, estabelecendo-o como herdeiro e reclamando parte dos rendimentos. Não podemos duvidar, conhecendo-o como o conhecemos, que encontraria um meio de sair da dificuldade. E agora, caro Watson, tivemos várias semanas de trabalho intensivo e podemos, por uma noite, pensar um pouco em nos distrairmos. Tenho um camarote para *Les Huguenots*. Já ouviu De Reske? Posso, então, pedir-lhe que esteja pronto dentro de meia hora, para jantarmos no Marcini, a caminho do teatro?

ÍNDICE

LIVROS NA COLECÇÃO

036 | 002 Dan Brown
Anjos e Demónios

037 | 001 Juliette Benzoni
O Quarto da Rainha
(O Segredo de Estado – I)

038 | 002 Bill Bryson
Made in America

039 | 002 Eça de Queirós
Os Maias

040 | 001 Mario Puzo
O Padrinho

041 | 004 Nora Roberts
As Jóias do Sol

042 | 001 Douglas Preston
Relíquia

043 | 001 Camilo Castelo Branco
Novelas do Minho

044 | 001 Julie Garwood
Sem Perdão

045 | 005 Nora Roberts
Lágrimas da Lua

046 | 003 Dan Brown
O Código Da Vinci

047 | 001 Francisco José Viegas
Morte no Estádio

048 | 001 Michael Robotham
O Suspeito

049 | 001 Tess Gerritsen
O Aprendiz

050 | 001 Almeida Garrett
*Frei Luís de Sousa e Falar
Verdade a Mentir*

051 | 003 Simon Scarrow
As Garras da Águia

052 | 002 Juliette Benzoni
O Rei do Mercado (O Segredo
de Estado – II)

053 | 001 Sun Tzu
A Arte da Guerra

054 | 001 Tami Hoag
Antecedentes Perigosos

055 | 001 Patricia Macdonald
Imperdoável

056 | 001 Fernando Pessoa
A Mensagem

057 | 001 Danielle Steel
Estrela

058 | 006 Nora Roberts
Coração do Mar

059 | 001 Janet Wallach
Seraglio

060 | 007 Nora Roberts
A Chave da Luz

061 | 001 Osho
Meditação

062 | 001 Cesário Verde
O Livro de Cesário Verde

063 | 003 Daniel Silva
Morte em Viena

064 | 001 Paulo Coelho
O Alquimista

065 | 002 Paulo Coelho
Veronika Decide Morrer

066 | 001 Anne Bishop
A Filha do Sangue

067 | 001 Robert Harris
Pompeia

068 | 001 Lawrence C. Katz
e Manning Rubin
Mantenha o Seu Cérebro Activo

069 | 003 Juliette Benzoni
*O Prisioneiro da Máscara de
Veludo* (O Segredo de
Estado – III)

070 | 001 Louise L. Hay
Pode Curar a Sua Vida

071 | 008 Nora Roberts
A Chave do Saber

072 | 001 Arthur Conan Doyle
*As Aventuras de Sherlock
Holmes*

073 | 004 Danielle Steel
O Preço da Felicidade

074 | 004 Dan Brown
A Conspiração

075 | 001 Oscar Wilde
O Retrato de Dorian Gray

Outros títulos na colecção

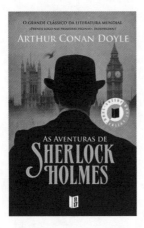

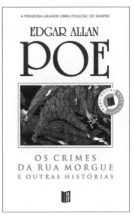

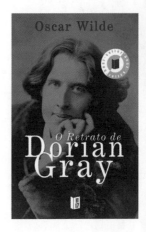